Albert Camus*

卡利古拉

Caligula

[法] 阿尔贝·加缪 著

李玉民 译

浙江文艺出版社
Zhejiang Literature & Art Publishing House

图书在版编目（CIP）数据

卡利古拉 /（法）阿尔贝·加缪著；李玉民译.
杭州：浙江文艺出版社, 2025. 4. -- ISBN 978-7-5339-
7876-1

Ⅰ. Ⅰ565.35

中国国家版本馆 CIP 数据核字第 2025ZS0758 号

责任编辑 王莎惠　周　易　　　**营销编辑** 张　苇
责任印制 吴春娟　　　　　　　**数字编辑** 姜梦冉　诸婧琦
封面设计 公主不想打工了　　　**责任校对** 许红梅

卡利古拉

[法]阿尔贝·加缪 著　李玉民 译

出版发行 浙江文艺出版社
地　址 杭州市环城北路 177 号
邮　编 310003
电　话 0571-85176953（总编办）
　　　　　 0571-85152727（市场部）
制　版 浙江新华图文制作有限公司
印　刷 浙江新华印刷技术有限公司
开　本 880 毫米×1230 毫米　1/32
字　数 132 千字
印　张 7.25
插　页 4
版　次 2025 年 4 月第 1 版
印　次 2025 年 4 月第 1 次印刷
书　号 ISBN 978-7-5339-7876-1
定　价 52.00 元

目录

加缪戏剧作品

卡利古拉

（四幕剧）

《卡利古拉》于 1945 年在埃贝尔托剧院首次演出
（剧院经理雅克·埃贝尔托）。

导演　保罗·厄特利
布景　路易·米盖尔
服装　玛丽·维通

人物与扮演者

卡利古拉…………钱拉·菲力浦

卡索尼娅…………玛尔戈·利翁

埃利孔…………乔治·维塔利

西皮翁…………米歇尔·布凯（前）

　　　　　　　乔治·加米埃（后）

舍雷亚…………若望·巴雷尔

塞内克图斯（老贵族）…………乔治·萨雅尔

梅泰卢斯（贵族）…………弗朗索瓦·达尔蓬（前）

　　　　　　　勒内·德索姆（后）

勒皮杜斯（贵族）⋯⋯⋯⋯亨利·杜瓦尔

奥克塔维乌斯（贵族）⋯⋯⋯⋯诺尔贝尔·皮埃洛

帕特里西乌斯（宫廷总管）⋯⋯⋯⋯菲尔南·利埃斯

梅勒伊亚⋯⋯⋯⋯吉·法维耶尔

穆西乌斯⋯⋯⋯⋯雅克·勒杜克

卫士之一⋯⋯⋯⋯若望·厄特利

卫士之二⋯⋯⋯⋯若望·冯特诺

仆人之一⋯⋯⋯⋯乔治·加米埃（前）

　　　　　　　达尼埃尔·克鲁埃（后）

仆人之二⋯⋯⋯⋯若望-克洛德·奥尔莱

仆人之三⋯⋯⋯⋯罗捷·萨泰尔

穆西乌斯之妻⋯⋯⋯⋯雅克琳·埃贝尔

诗人之一⋯⋯⋯⋯乔治·加米埃（前）

　　　　　　　达尼埃尔·克鲁埃（后）

诗人之二⋯⋯⋯⋯若望-克洛德·奥尔莱

诗人之三⋯⋯⋯⋯雅克·勒杜克

诗人之四⋯⋯⋯⋯弗朗索瓦·达尔蓬（前）

　　　　　　　勒内·德索姆（后）

诗人之五⋯⋯⋯⋯菲尔南·利埃斯

诗人之六⋯⋯⋯⋯罗捷·萨泰尔

地点　卡利古拉的皇宫

第一幕和后几幕相隔三年

《卡利古拉》1958年的版本，根据在巴黎小剧院演出的

文本。

第一幕

第一场

〔皇宫一间大厅里聚集了几名贵族，其中一位年事很高。他们都显得烦躁不安。

贵族甲　一直毫无音信。

老贵族　早晨音信皆无，傍晚也音信皆无。

贵族乙　三天不见踪影了。

老贵族　差人派出去又回来，他们个个摇头，全是一句话："一点儿踪影也不见。"

贵族乙　郊外全找遍了，毫无办法。

贵族甲　不见得出事儿，何必事先就焦虑不安呢？咱们等着吧。他也许同走的时候一样，忽然又回来了。

老贵族　我看见他走出皇宫。他那眼神异常。

贵族甲　当时我也在场，还问过他有没有什么事儿。

贵族乙　他回答了吗？

贵族甲　只回答了一声："没什么。"

〔冷场片刻。埃利孔吃着葱头上。

贵族乙　（一直焦躁不安地）真叫人担心。

贵族甲　算啦，年轻人都如此。

老贵族　当然了，年岁会把一切都抹掉的。

贵族乙　您这样认为？

贵族甲　但愿他能忘却了。

老贵族　当然！失掉一个心上人，又会得到十个新欢。

埃利孔　您怎么知道就是爱情的缘故？

贵族甲　那还能有什么别的原因？

埃利孔　也许是肝病呢。再不然，天天瞧你们的面孔，只是看厌了。我们这些同时代的人，如果三天两头能变换变换嘴脸，那么让人看着就会好受多了。可是不然，菜谱一成不变，总是一色的烩肉。

老贵族　依我看，最好还是因为爱情，这样更加感人。

埃利孔　尤其让人放心，会让人大大地放宽心。这种病症，聪明人逃不过，蠢人也免不了。

贵族甲　谢天谢地，不管怎么说，悲伤不是永继不衰的。您若是悲痛，能超过一年的时间吗？

贵族乙　我呀，不能。

贵族甲　谁也没有这种本事。

老贵族　总那么悲伤，人就没法儿活了。

贵族甲　此话有理。就拿我来说，去年丧妻，我着实流了不少眼泪，过后也就淡忘了。时而想起来，心里还有点儿难受。不过，总的说来，已经不值一提了。

老贵族　大自然造的万物，各得其所。

埃利孔　然而，我一看到你们，就觉得大自然失算了。

　　　〔舍雷亚上。

贵族甲　怎么样？

舍雷亚　一直下落不明。

埃利孔　冷静，先生们，冷静。还是维护维护表面吧。罗马帝国，就是咱们哪。假如咱们丢了脸面，帝国就要丢掉脑袋。现在还不到时候，啊，不到时候！首先，咱们去吃饭吧。咱们吃饱了，帝国就会更加健壮。

老贵族　这话说得对，不能务虚忘实，顾了虚影放跑猎物。

舍雷亚　我不喜欢这种局面。不过，这些年天下太平，形势好过头了。我们这位皇帝也太完美了。

贵族乙　是啊，他十分得体：做事一丝不苟，又没有经验。

贵族甲　嗳！你们到底怎么啦？为什么发出这种哀叹呢？什么也妨碍不了他保持原状啊。他爱德鲁西娅，这是毫无疑问的。但话又说回来，那毕竟是他妹妹呀。和自己的妹妹同床共枕，这已经够瞧的了。因为她死了，就把罗马搞得天翻地覆，这可就太过分了。

舍雷亚　话虽如此，我还是讨厌这种状况。他这次出走的意图，我一点儿也摸不清。

老贵族　是啊，无风不起浪嘛。

贵族甲　不管怎样，国家利益为重，不能允许一种乱伦的
　　　　行为染上悲剧的色彩。乱伦嘛，可以，但是要
　　　　谨慎。

埃利孔　要知道，乱伦，总免不了要引起流言蜚语。恕我
　　　　冒昧打个比方，床板会发出吱吱咯咯的声响。再
　　　　说了，谁告诉您，一准就是因为德鲁西娅呢？

贵族乙　那又是什么原因呢？

埃利孔　猜一猜呀。请听仔细了：不幸，就跟结婚一样，
　　　　择偶结合，自己满以为是挑选别人，结果反而被
　　　　别人选取。事情就是这样，谁也拿它没办法。我
　　　　们的卡利古拉感到不幸，也许他连为什么不幸都
　　　　不知道！他大概觉得自己受束缚，于是逃离了。
　　　　换了我们，也都会像他那样干。喏，我就敢这么
　　　　说，自己若是能选择父亲的话，恐怕现在我还没
　　　　有出世呢。

〔西皮翁上。

第二场

舍雷亚　怎么样？

西皮翁　还是一点儿消息也没有。昨天夜晚，就在这附近，
　　　　有几个农夫好像看见他在狂风暴雨中奔跑。

〔舍雷亚反身朝贵族们走来。西皮翁跟在他身后。

舍雷亚　算起来，整整有三天了吧，西皮翁？

西皮翁　对。当时我就在场，还像往常那样，伴随他的左右。他朝德鲁西娅的遗体走去，用两根手指碰了碰，接着若有所思，在原地转圈儿，然后步伐缓慢地走出去。从那以后，到处找他也不见踪影了。

舍雷亚　（摇摇头）这个年轻人，喜爱文学未免过分了。

贵族乙　在他这种年龄也不奇怪。

舍雷亚　然而，这不合乎他的身份。皇帝还当艺术家，这是不可思议的。当然了，这样的皇帝，我们也有过一两个。到处都会有害群之马。不过，其余的皇帝都识大体，能够忠于职守。

贵族甲　那样，天下就更加安宁。

老贵族　各守其职嘛。

西皮翁　怎么办呢，舍雷亚？

舍雷亚　毫无办法。

贵族乙　等等看吧。万一他不回来，那就必须有人替代他。我们当中，能当皇帝的大有人在。

贵族甲　我们人倒是不缺，只是缺乏个性。

舍雷亚　他人回来，头脑若是不正常了呢？

贵族甲　真的，他还是个孩子，咱们就来开导开导他。

舍雷亚　他若是听不进去道理呢？

贵族甲　（笑）那好办！从前，我不是写过一篇论"改变"
　　　　　　的文章吗？

舍雷亚　到了万不得已，当然可以！不过，我还是希望没
　　　　　　人打扰，安安静静地看我的书。

西皮翁　对不起，失陪了。

　　〔西皮翁下。

舍雷亚　他生气了。

老贵族　他是个孩子嘛。年轻人都心心相印。

埃利孔　心心相印不相印，他们反正都要老的。

　　〔一名卫士上，说道："有人在御花园里看见卡利古拉
　　了。"众人下。

第三场

　　〔空场几秒钟。卡利古拉悄悄从左侧上。他神态异常，
　　衣衫肮脏不堪，头发湿漉漉的，双腿沾满了泥水。他
　　几次抬手捂住嘴。他朝镜子走去，一看见自己的影
　　像，便停下脚步。他咕噜着说了几句含混不清的话，
　　随后又走到右侧坐下，双腿叉开，胳膊垂放在中间。
　　埃利孔从左侧上，发现卡利古拉，就停在舞台左端，
　　默默地观察他。卡利古拉扭过头去，瞧见埃利孔。冷
　　场片刻。

第四场

埃利孔　（从舞台另一端）你好，卡伊乌斯①。

卡利古拉　（口气自然地）你好，埃利孔。

　　〔冷场。

埃利孔　看样子你挺累吧？

卡利古拉　我走了很长的路。

埃利孔　对，你出去了很久。

　　〔冷场。

卡利古拉　要得到实在难哪。

埃利孔　得到什么呀？

卡利古拉　我想要的东西。

埃利孔　你想要什么？

卡利古拉　（始终自然地）月亮。

埃利孔　什么？

卡利古拉　是的，当时我想要月亮。

埃利孔　哦！

　　〔冷场。埃利孔走到他面前。

　　　要月亮干什么呀？

卡利古拉　还用问！……那件东西我没有哇。

———————————

① 卡利古拉名字的昵称。

埃利孔　当然没有了。现在呢，如愿以偿啦？

卡利古拉　没有，我未能得到。

埃利孔　这可真让人头疼。

卡利古拉　是啊，正因为如此，我感到很累。

〔冷场。

卡利古拉　埃利孔！

埃利孔　嗯，卡伊乌斯。

卡利古拉　你是想我疯了。

埃利孔　你完全清楚，我从来不动脑子，也没有这份儿聪明。

卡利古拉　好，就算这样吧！其实，我并没有疯，甚至可以说，现在比什么时候都明白。说来简单，我突然产生一种想法，想得到不可能得到的东西。（停顿）事物，就像现在这种状态，似乎满足不了我了。

埃利孔　这种想法也相当普遍。

卡利古拉　的确如此。然而，从前我就不知道。现在，我明白了。（始终自然地）这个世界，就在目前这个状态下，是无法让人容忍的。因此，我需要月亮，或者幸福，或者永生，需要的东西也许是荒唐的，因为这个世界上是没有的。

埃利孔　这样推理站得住脚。不过，一般说来，人不可能坚持到底。

卡利古拉　（站起来，但口气依然随便地）你一窍不通。正因为从来没有坚持到底，才一无所获。也许，只要遵循逻辑，有始有终就行了。

〔他注视埃利孔。

我也知道你心里在想什么。死掉一个女人，引起多少麻烦事！不对，不是这码事儿。不错，我好像还记得，我爱的一个女人，几天前死了。其实，爱情又怎么样呢？微不足道嘛。我向你发誓，她死了无所谓；她的死不过是一种真理的标志。这个真理让我感到，月亮是必不可少的。这一真理极其简单，极其明了，显得有点儿迂拙，但是很难发现，拿在手上沉甸甸的。

埃利孔　这个真理，到底是什么呀，卡伊乌斯？

卡利古拉　（扭过头去，语调平缓地）人必有一死，他们的生活并不幸福。

埃利孔　（停顿片刻）算了，卡伊乌斯，这个真理，大家处理得非常好。看看你的周围吧，有没有这个真理，他们都照样吃饭。

卡利古拉　（突然发作）这就是说，我周围的一切，全是虚假的，而我，就是要让人们生活在真实当中！恰好我有这种手段，能够让他们在真实当中生活。因为，埃利孔，我知道他们缺少什么。埃利孔，他们缺乏认识，还缺乏一位言之有物的教师。

埃利孔　卡伊乌斯，听了我要对你说的话，不要见怪。不过，你首先应当休息一下。

卡利古拉　（坐下，平心静气地）这不可能，埃利孔，今后永远不可能了。

埃利孔　这又是为什么？

卡利古拉　如果我睡大觉，谁给我摘月亮呢？

埃利孔　（沉默片刻）这倒是个问题。

〔卡利古拉显然很吃力地站起来。

卡利古拉　你听，埃利孔。我听见脚步声和说话声。你要守口如瓶，把见到我这件事儿忘掉。

埃利孔　我明白了。

〔卡利古拉朝出口走去，他又转过身来。

卡利古拉　还有，从今往后，请你助我一臂之力。

埃利孔　我没有理由不照你说的办，卡伊乌斯。不过，我了解的事情很多，感兴趣的却很少。我能为你出什么力呢？

卡利古拉　帮我办不可能的事情。

埃利孔　我尽力而为吧。

〔卡利古拉下。西皮翁和卡索尼娅上。

第五场

西皮翁　一个人影儿也没有。你没有看见他吗，埃利孔？

埃利孔　没有。

卡索尼娅　埃利孔，他出走之前，真的什么也没有对你讲吗？

埃利孔　我不是他的心腹，而是他的旁观者，这样更明智。

卡索尼娅　我求求你了。

埃利孔　亲爱的卡索尼娅，卡伊乌斯是个理想主义者，这是众所周知的。这就等于说，他还没有把事情看透。而我呢，早就看透了，因此，什么事儿我也不管。假如卡伊乌斯开始醒悟了，他有一颗年轻善良的心，是什么都要管的。那样一来，天晓得要使我们付出多大代价。哦，对不起，吃饭啦！（下）

第六场

〔卡索尼娅疲倦地坐下。

卡索尼娅　一名卫士看见他走过去。全罗马人到处见到卡利古拉。可是卡利古拉呢，事实上他只盯着自己的念头。

西皮翁　什么念头？

卡索尼娅　我怎么知道呢，西皮翁？

西皮翁　思念德鲁西娅？

卡索尼娅　谁说得准呢？他爱德鲁西娅倒是真的。昨天还
　　　　紧紧搂在怀里的人，今天眼看着咽了气，也的
　　　　确叫人肝肠寸断。

西皮翁　（胆怯地）那你呢？

卡索尼娅　哦！我呀，我是他的老情妇。

西皮翁　卡索尼娅，一定要救他呀。

卡索尼娅　这么说，你爱他啦？

西皮翁　我爱他。他对我特别好。他鼓励我，说的那些话，
　　　　有的我还记在心里。他对我讲过，生活不容易，
　　　　但是世间还有宗教、艺术，还有别人对我们的爱。
　　　　他不厌其烦地说，给别人制造痛苦，只能自误。
　　　　他想要做一个公正的人。

卡索尼娅　（站起身）那时他还是个孩子。

　　〔她走向镜子，对着镜子端详自己。

　　　　除了我自己的身子，我从来就不信奉任何别的
　　　　神灵；今天，我要祈求这个神灵保佑卡伊乌斯
　　　　回到我身边。

　　〔卡利古拉上。他发现卡索尼娅和西皮翁，犹豫了一
　　　下，想退出去。与此同时，贵族们和宫廷总管从对面
　　　上，他们戛然止步，一个个呆若木鸡。卡索尼娅回头

看去。她和西皮翁跑向卡利古拉。卡利古拉摆摆手，制止住他俩。

第七场

总管　（嗫嚅地）我们……我们正找您呢，陛下。

卡利古拉　（声音短促而变调）看到了。

总管　我们……也就是说……

卡利古拉　（粗暴地）你们要干什么？

总管　我们担心，陛下。

卡利古拉　（逼近总管）凭什么权利？

总管　嗯！哦……（灵机一动，口齿麻利地）是这样，其实你也知道，是国库的几个问题，需要你来处理一下。

卡利古拉　（禁不住一阵大笑）国库？这倒是真的。唔，国库，这可是国家大事。

总管　当然了，陛下。

卡利古拉　（一直笑着，对卡索尼娅）对不对，亲爱的？国库，非常重要吧？

卡索尼娅　不对，卡利古拉，这是个次要问题。

卡利古拉　嗳，这说明你是外行。国库，这个利害关系可不得了。全都关系重大！财政、公共道德、对外政策、军需装备和土地法令，告诉你吧，全都关系重大！罗马的兴盛和你的关节炎病痛，都是同等重要的。嗯！这些我都要过问。听我说几句，总管。

总管　我们都听着呢。

　　〔贵族们走上前。

卡利古拉　你对我忠心耿耿，对不对？

总管　（嗔怪的口气）陛下！

卡利古拉　那好，我有一项计划，要交给你去办。我们分两个阶段打乱政治经济学。总管，我来向你解释……等贵族们出去再说。

　　〔贵族们下。

第八场

　　〔卡利古拉在卡索尼娅身边坐下。

卡利古拉　你仔细听着：第一阶段，所有贵族，帝国里凡是拥有财富的人，不管财富多少，一律照此办理，他们必须取消子女的财产继承权，并且当即立下遗嘱，将财产捐献给国家，不得有误。

总管　可是，陛下……

卡利古拉　我还没有让你讲话呢。我们将根据需要，随意列出一张名单，将名单上的人依次处死。根据情况，我们也可以改变名单的顺序，当然全凭我们怎么高兴了。然后，财产由我们继承。

卡索尼娅　（抽开身）你怎么啦？

卡利古拉　（不动声色地）其实，处决的顺序无关紧要。确切地说，处决每个人，具有同等的重要性，因而也就丧失了重要性。况且，他们的罪过一个赛似一个。还要提醒你们注意：是直接窃取民财，还是往民用必需品的价格里偷偷塞间接税，两种手段全不道德，分不出高下。统治，就是掠夺，这是路人皆知的。当然，这也有个方式的问题。至于我，我要明火执仗地掠夺，这样，就会改变你们小本经营的方式。（对总管，粗暴地）你要立刻执行这些命令！今天傍晚，罗马全体公民必须签署遗嘱；外地公民，最迟一个月内签署。派遣差人去宣布！

总管　　陛下，你不明白这……

卡利古拉　好好听着，蠢货！既然国库重要，那么人命就不重要。这是一目了然的。凡是同你看法一致的人，既然把金钱看成一切，就不能不同意这种推论，把自己的生命看得一钱不值。总而言之，我决定要遵循逻辑。既然我有这个权力，你们很快就会看到，这种逻辑要让你们付出多大代价。我要铲除自相矛盾者和矛盾。如果需

　　　　　　要的话，我就先拿你开刀。

总管　　陛下，我向你发誓，我的诚意，是不成问题的。

卡利古拉　我的诚意也是不容置疑的，你尽可相信好了。证据嘛，就是我赞同你的观点，把国库当成认真思考的问题。总之，你应当感谢我才是，因为我加入你的赌局，拿过你手中的牌赌博。（停顿，平静地）况且，我的计划简单明了，所以很高明，也就不容争辩。我给你三秒钟走开。开始数：一……

〔总管急下。

第九场

卡索尼娅　我真认不出来是你！这是开开玩笑，对吧？

卡利古拉　不完全对，卡索尼娅，这是教育。

西皮翁　这是不可能的呀，卡伊乌斯！

卡利古拉　就是因为不可能啊！

西皮翁　这话我就不明白了。

卡利古拉　恰恰是因为不可能！问题就在于不可能，再确切点儿说，就是要使不可能变为可能。

西皮翁　然而，这场游戏可没有止境啊。这是疯子的消遣。

卡利古拉　不对，西皮翁，这是皇帝的特质。（神情倦怠地仰身坐下）我终于领悟了权力的用途。权力能

给不可能的事情提供实现的机会。今天，以及
今后的全部时间，我的自由再也没有止境了。

卡索尼娅　（悲伤地）卡伊乌斯，我不知道这是否值得高兴。

卡利古拉　我也同样不知道。但是我却能推想，必须经历
这个阶段。

〔舍雷亚上。

第十场

舍雷亚　听说你回来了，我祝愿你身体健康。

卡利古拉　我的健康谢谢你。（停顿，突然地）走开，舍雷
亚，我不愿意见你。

舍雷亚　你这话真叫我感到意外，卡伊乌斯。

卡利古拉　用不着意外。我不喜欢文人，不能容忍他们的
谎言。他们讲的话不是给自己听的。他们若是
听听自己讲的话，就会明白他们一文不值，再
也不会信口开河了。好了，到此为止，我讨厌
假见证。

舍雷亚　我们就算说了谎，那也往往是不自觉的。我要申
辩：不知者不为罪。

卡利古拉　谎言向来就没有清白的。你们的谎言抬高了人
和物的身价，这正是我所不能宽恕你们的。

舍雷亚　我们想要在这世界上生活，就该为这个世界辩护。

卡利古拉　不必辩护了，诉讼辩论已经完结。这个世界并不重要，谁承认这一点，谁就赢得自由。（站起身）我憎恨你们，恰恰是因为你们不自由。在这全罗马帝国，唯独我自由。庆贺吧，你们终于有了一个教给你们自由的皇帝。走开，舍雷亚，还有你，西皮翁，友谊令我哑然失笑。去吧，向罗马人宣布，自由终于归还给他们了，而且随之而来就要开始一场巨大的考验。

〔舍雷亚与西皮翁下。卡利古拉把头扭向一边。

第十一场

卡索尼娅　你哭啦？

卡利古拉　对，卡索尼娅。

卡索尼娅　说说看，究竟发生了什么变化？就算你爱德鲁西娅，同时你也爱过我，爱过许多别的女子啊。她这一死，你就跑到荒郊野外，跑出去三天三夜，回来就换了一副仇视一切的面孔，何以至此呢？

卡利古拉　（转过头来）真糊涂，你怎么知道是德鲁西娅的缘故呢？你就不能想象，一个男子哭泣不是由于爱情，而有别的原因吗？

卡索尼娅　对不起，卡伊乌斯。不过，我是想弄明白。

卡利古拉　男儿弹泪，是因为事物不是原本应有的面目。（卡索尼娅朝他走去）不要过来，卡索尼娅。（她后退）唔，还是留在我身边吧。

卡索尼娅　我完全听你的。（坐下）人到了我这样的年龄，知道生活并不美好。可是，如果人世间有痛苦的话，为什么还要增添新痛苦呢？

卡利古拉　你是理解不了的。增添痛苦又有什么关系？也许我能从中解脱呢。然而我感到，无名的东西从我身体往上升。我怎么对付呢？（转身对着她）噢！卡索尼娅，早先我就知道人可能会陷入绝望，但并不真正懂得这句话的含义。那时我同所有的人一样，认为这是一种心病。其实不然，倒是肉体受折磨。我感到皮肤灼痛，胸口、四肢也一样；还感到头脑空虚，一阵阵恶心。最不堪忍受的，是嘴里这股味道，细说起来，不是血腥味，不是腐尸味，也不是发烧时的苦涩味，然而这些味道全有。我只要嚅动一下舌头，就觉得一切变得一团漆黑，人也都令我厌恶了。要成为一个男子汉，该有多艰难，有多辛酸哪！

卡索尼娅　看来应当睡觉，睡很长时间。应当听其自然，不要思考了。我守着你睡眠。等醒来你就会发现，这个世界又恢复了它的味道。你运用自己的权力，去更好地爱那些还值得爱的东西吧。可能实现的事情，它应该有自己的机会。

卡利古拉　可是要这样，就必须睡大觉，就必须放任自流，这是不可能的。

卡索尼娅　人疲乏到了极点，才会产生这种想法。休息一会儿，双手就又恢复气力了。

卡利古拉　但是必须清楚手往哪里放。假如我不能改变事物的秩序，不能让太阳从西边升起，不能减轻人间的痛苦，不能使人免于一死，这只有力的手对我又有什么用处呢？这样惊人的权力对我又有什么帮助呢？不行，卡索尼娅，如果我对这个世界不采取行动，那么我是睡觉还是醒着，也就毫无差异了。

卡索尼娅　可是，这是要和神平起平坐。真没见过比这还疯狂的念头！

卡利古拉　你也一样，认为我疯了。其实，神又算什么，我为什么要和神平起平坐呢？今天，我竭尽全力追求的，是超越神的东西。我掌管起一个王国，在这个王国里，不可能者为王。

卡索尼娅　让天空不成其为天空，让一张美丽的脸变丑，让一个人的心变得麻木不仁，这种事你办不到。

卡利古拉　（越来越激昂）我要让天空和大海浑然一体，要把美和丑混淆起来，要让痛苦迸发出笑声！

卡索尼娅　（站到他面前，哀求地）世上有好与坏，有伟大与卑下，也有正义和非正义之分。我敢肯定，这一切是不会改变的。

卡利古拉　（仍然冲动地）我就立志改变这种状况。我要将平等馈赠给本世纪。等到一切全被拉平了，不可能的事情终于在大地上实现，月亮到了我的手中，到了那时候，我本身也许就发生了变化，世界也随我而改变了，人终于不再死亡，他们将幸福地生活。

卡索尼娅　（高叫一声）你不能否认爱情！

卡利古拉　（发作，声调狂怒地）爱情，卡索尼娅！（他抓住她的肩膀摇晃）我懂得了爱情是微不足道的。还是那家伙说得有道理：国家金库！你听得一清二楚，对吧？一切都以此为开端。啊！现在，我终于要生活啦！生活，卡索尼娅，生活，就是爱的反面。现在，是我这样对你讲，是我邀请你参加一场毫无节制的欢宴，出席一场全面的诉讼，观赏最精彩的演出。因此，我需要有人，有观众，有受害者，有罪犯。

〔他扑向大锣，开始敲起来，不住手地敲，锣点越来越密。

卡利古拉　（一直敲锣）将罪犯押上来。我需要罪犯。他们全都有罪。（一直敲锣）听我命令，将判处死刑的罪犯押上来。公众，我要有我的公众！法官、证人、被告，审理之前就统统判罪！啊！卡索尼娅，我要让他们开开眼，看看这个帝国唯一自由的人！

〔在锣点声中，宫殿渐渐充满嘈杂声，声音越来越大，越来越近。一片人语声、武器撞击声、轻重脚步声。卡利古拉哈哈大笑，不停地敲锣。几名卫士上，随即又下去。

卡利古拉　（边敲边说）你，卡索尼娅，你要听从我的吩咐，要自始至终协助我。会有好戏看的，发誓帮助我，卡索尼娅。

卡索尼娅　（失去常态，在锣点声中说）我用不着发誓，因为我爱你。

卡利古拉　（继续敲锣）我说什么，你都会照办。

卡索尼娅　（同上）全照办，卡利古拉，你住手吧。

卡利古拉　（继续敲锣）你要残酷无情。

卡索尼娅　（哭）残酷无情。

卡利古拉　（继续敲锣）你要心如铁石。

卡索尼娅　心如铁石。

卡利古拉　（继续敲锣）你也要忍受痛苦。

卡索尼娅　对，卡利古拉，可是，我会发疯的。

　　〔贵族们上，见状瞠目结舌。宫廷侍从同时上场。卡利古拉敲了最后一下，举起锣槌，转过身去，招呼他们。

卡利古拉　（神态失常）全都过来，靠前来，我命令你们上前来！（跺脚）是皇帝叫你们走近前！（众人心惊胆战地向前移步）快点儿过来。现在，卡索尼娅，你也过来。

〔他拉起她的手，把她领到镜子前，用锣槌狂乱地擦掉光滑镜面上的一个形象。

卡利古拉　（哈哈大笑）你瞧，什么也没有了。记忆不存在了。所有面孔都逃开了！没有了，什么也没有了。留下来的是什么，你知道吗？再靠前点儿，你瞧。你们都上前来，瞧一瞧吧！

〔他挺立在镜前，摆出发狂的姿势。

卡索尼娅　（恐惧地看着镜子）卡利古拉！

〔卡利古拉变了声调，指头戳在镜子上，突然定睛凝视，欢呼一声：

卡利古拉　卡利古拉！

——幕落

第二幕

第一场

〔几个贵族在舍雷亚府上聚会。

贵族甲　他污辱我们的尊严。

穆西乌斯　持续三年啦!

老贵族　他称我小娘子! 他出我的丑! 干掉他!

穆西乌斯　持续三年啦!

贵族甲　他每天傍晚游郊外,逼着我们跟在他的轿子周围跑!

贵族乙　他还对我们说,跑步有益于健康。

穆西乌斯　持续三年啦!

老贵族　这是不能宽恕的。

贵族丙　不能,我们不能宽恕。

贵族甲　帕特里西乌斯,他没收了你的财产。西皮翁,他杀害了你父亲。奥克塔维乌斯,他夺走了你妻子,收在他开的妓院里,现在让她接客。勒皮杜斯,他杀害了你儿子。这一切,你们还要忍受下去吗？我嘛，已经选择定了。要么冒风险，要么战战兢兢，束手无策，过着这种无法忍受的生活。面对这两种选择，我不能犹豫了。

西皮翁　他杀害了我父亲，就是替我做出了选择。

贵族甲　你们还迟疑不决吗？

贵族丙　我们同你站在一起。他把我们在竞技场里的专座分给了平民，逼我们同平民百姓争斗，然后好更加严厉地惩罚我们。

老贵族　他是个懦夫。

贵族乙　是个厚颜无耻的人。

贵族丙　是个矫揉造作的人。

老贵族　是个草包。

贵族丁　持续三年啦！

〔一片混乱。纷纷举起武器。一支蜡烛翻倒在地上。一张桌子被撞翻。众人拥向门口。舍雷亚上。他毫不动容，制止了他们的冲动。

第二场

舍雷亚　你们这是往哪儿跑？

贵族丙　到皇宫去。

舍雷亚　我完全明白。可是，你们以为会放你们进去吗？

贵族甲　用不着请求允许。

舍雷亚　　吓！你们一下子都变得这样勇猛啦！我在自己家
　　　　　里，至少还有权坐下吧。

　　　〔有人把门关上。舍雷亚走向撞翻的桌子，坐在一个
　　　　角上。众人转身面对他。

舍雷亚　　朋友们，你们想得倒容易。你们感到的恐惧，并
　　　　　不能代替你们的勇敢和冷静。这一切还为时
　　　　　尚早。

贵族丙　　你若是不同我们一起干，那就走开，不过要管住
　　　　　你的舌头。

舍雷亚　　按说，我是相信自己同你们站在一起，然而，出
　　　　　发点却不同。

贵族丙　　夸夸其谈，够啦！

舍雷亚　　（站起身）对，夸夸其谈听够了。我要把事情澄清
　　　　　了。因为，我即使同你们站在一起，也并不等于
　　　　　同意你们的做法。所以说，我觉得你们的方法不
　　　　　高明。你们没有认清自己的真正仇敌，把微不足
　　　　　道的动机安在他的身上。他的抱负只能是远大的，
　　　　　而你们，不过是飞蛾扑火，自取灭亡。首先要看
　　　　　清他的真面目，然后，你们才能更有效地打击他。

贵族丙　　他的真面目我们看清了，他是无比丧心病狂的
　　　　　暴君！

舍雷亚　　不见得吧。疯癫的皇帝，我们见识过。可是，咱
　　　　　们这位皇帝还没有完全疯。在他身上，我最憎恨

的，就是他清楚自己要干什么。

贵族甲　他要把咱们全折磨死。

舍雷亚　不对，这还是次要的。他运用手中的权力，是为一种更高的、更致命的激情服务，他威胁了咱们更深一层的东西。当然，在我们国家，一个人掌握无限的权力，这不是第一遭。但是，他毫无限制地使用这个权力，到了否定人和世界的程度，这可是破天荒第一次。在他身上，这才是令我恐惧的东西，也正是我要打击的东西。丢掉性命不算什么，一旦需要，我还有这种勇气。然而，眼睁睁看着人生的意义化为乌有，我们生存的理由消失了，这才是无法容忍的。人生在世，不能毫无缘由。

贵族甲　复仇就是一种缘由。

舍雷亚　对，我将同你们一道报仇。不过你们也要明白，我不是为了你们所蒙受的那种小小的凌辱，而是反对一种远大的思想：那种思想一旦胜利，就意味世界到了末日。我可以容忍卡利古拉耍弄得你们丑态百出，但是不答应他干他梦想干的事，不答应他干他梦想干的一切。他要把他的哲学化作堆积如山的尸骨，而且，对我们极为不利的是，这种哲学无懈可击。在无法驳斥的时候，就必须动用武力。

贵族丙　那就应当行动。

舍雷亚　是应当行动。然而，他的淫威还处于鼎盛的时期，你们正面攻击是摧毁不了的。暴政是能够推翻的，但是，要对付毫无利己动机的险恶用心，就必须运用计谋了。应当投其所好，推波助澜，等待那种逻辑发展到荒谬的程度。再说一遍，我在这里讲这番话，完全出于诚意。要知道，我和你们不过是一段时间的同路人。过了这段时间，我就不再为你们的任何利益效劳，而是一心盼望世界重新和谐，恢复太平。我的动力不是野心，而是一种合情合理的担心，担心有他那种非人道的激情，就没有我这生存的意义。

贵族甲　（走上前）我想我是听懂了，或者说基本听懂了。其实你同我们的判断一样，我们的社会基础动摇了，这才是关键。在我们看来，首先是道德问题，诸位说对吧？家庭惶恐不安，工作的尊严丧失了，整个祖国都遭到亵渎。美德在向我们呼救，我们能置若罔闻吗？总而言之，谋反者们，贵族每天傍晚都被迫跟着皇帝的轿子跑，你们能容忍下去吗？

老贵族　你们能允许他管贵族叫"我的心肝"吗？

贵族丙　你们能坐视他夺走他们的妻子吗？

贵族乙　还夺走他们的子女。

穆西乌斯　还夺走他们的金钱呢!

贵族戊　不允许!

贵族甲　舍雷亚,你讲得很好,劝我们冷静下来也非常对。现在动手还为时过早:今天,老百姓还可能反对我们。你愿意同我们一起等待算总账的时候吗?

舍雷亚　愿意。就让卡利古拉蛮干下去吧。我们不但不劝阻,还要往那条道儿上推他,为他的疯狂行为大开方便之门。有朝一日,帝国尸横遍野,家家户户举丧,他也就成为孤家寡人了。

〔一片嘈杂声。外面传来号声。冷场。继而,众人依次传着一个名字:卡利古拉。

第三场

〔卡利古拉和卡索尼娅上。埃利孔和几名卫士随上。冷场。卡利古拉停住脚步,打量密谋者们。他一言不发,一个一个看过去,给这个整理一下鬈发,又退后端详另一个,接着再扫视众人;他抬起手捂住眼睛,一句话未讲就下场了。

第四场

卡索尼娅　(指着乱糟糟的房间,讽刺地)你们打架了吧?

舍雷亚　我们打架了。

卡索尼娅　（同上）为什么打架呢?

舍雷亚　我们打架没什么缘故。

卡索尼娅　这么说，不是真的啦。

舍雷亚　什么不是真的?

卡索尼娅　你们没有打架。

舍雷亚　那好，我们就没有打架吧。

卡索尼娅　（微笑）也许，最好把房间收拾整齐了，卡利古
　　　　　拉讨厌杂乱无章。

埃利孔　（对老贵族）你们这样干，最后非得把这个人逼疯
　　　　　了不可!

老贵族　可是，我们究竟有什么对不起他的?

埃利孔　没有，恰恰什么也没有。一个个唯唯诺诺到了这
　　　　　种程度，真是前所未闻，最终就会叫人忍无可
　　　　　忍。你们设身处地为卡利古拉想一想嘛。（冷场）
　　　　　不用说，刚才你们一定是在密谋了，对不对?

老贵族　嗳，瞧你说的，没有的事儿，他想到哪儿去啦?

埃利孔　他不是想，而是知道。不过，照我的猜测，他其
　　　　　实倒有点儿希望如此呢。好啦，帮把手，把这里
　　　　　收拾整齐了。

　　　〔众人忙着收拾房间。卡利古拉上，观察。

第五场

卡利古拉　（对老贵族）你好，我的宝贝儿。（对其余的人）
　　　　　舍雷亚，我决定在你的府上用餐。穆西乌斯，
　　　　　我冒昧地邀请你妻子来参加。

〔总管拍拍手，一个奴隶上，但是，卡利古拉叫住他。

卡利古拉　等一下！各位先生，大家都知道，原先，国家
　　　　　财政能够支撑住，只是因为养成了支撑的习
　　　　　惯。从昨天开始，习惯本身就不能承受了。因
　　　　　此，我非常遗憾，不得不精简人员。在一种牺
　　　　　牲精神的指导下，我决定缩减宫廷仆役，解放
　　　　　几个奴隶。这种牺牲的精神，肯定会得到你们
　　　　　的赞赏，可就得由你们侍候用餐了。劳驾，大
　　　　　家摆桌子上菜吧。

〔长老们面面相觑，迟疑不决。

埃利孔　动手吧，先生们，拿出点儿诚意来嘛。再说，你
　　　　们会发现，顺着社会等级往下降，要比往上升容
　　　　易得多。

〔长老们慢手慢脚地动起来。

卡利古拉　（对卡索尼娅）对懒惰的奴隶，规定怎么惩罚
　　　　　来着？

卡索尼娅　我想，是抽鞭子。

〔长老们动作加快，开始笨拙地安排餐桌。

卡利古拉　喂，认真点儿！讲究方法，尤其要讲究方法！
（对埃利孔）看他们那样子，好像双手都失掉
了吧？

埃利孔　老实说，他们从来就没有长手，除非要打人，或
者要发号施令的时候才有手。使用他们就得耐
心，只能如此。培养一名长老，有一天工夫就
成，造就一个劳动者，得花十年的时间。

卡利古拉　哼，我真担心，要把一名长老改造成劳动者，
恐怕需要二十年。

埃利孔　他们总归还是能达到的。依我看，他们就是这种
料！当奴隶特别合适。（一名长老擦汗）瞧，他
们甚至开始出汗了。这是一个阶段。

卡利古拉　好，别要求过高，这样就不错了。再说，哪怕
一瞬间的公道，也是可取的。提起公道，我们
必须加快步伐：有一件处决案在等着我办呢。
哈！这么快我就饿了，算鲁菲乌斯运气好。
（机密地）鲁菲乌斯，就是要处死的那名骑士。
（停顿）你们也不问问我，为什么要处死他呢？

〔一片沉默。这工夫，奴隶们往上端菜。

卡利古拉　（畅快地）嗯，看得出来，你们变聪明了。（嚼
一个橄榄）你们终于明白，用不着干什么事就
可以送命。兵士们，我对你们很满意。对不

对，埃利孔？

〔他停止嚼橄榄，用一种戏谑的神态看着宾客们。

埃利孔　当然啦！多好的一支军队呀！不过，你要想听听
　　　　我的看法，我倒觉得他们现在聪明过头，不愿意
　　　　再打仗了。如果他们照这样长进下去，帝国就非
　　　　垮台不可！

卡利古拉　好极了，那我们就可以休息了。喂，大家随便
　　　　坐，用不着排座次。不管怎么说，那个鲁菲乌
　　　　斯运气还真好。我可以断言，他不会珍视这一
　　　　点儿缓刑的时间。按说，死到临头，再延缓几
　　　　个小时，这是无比珍贵的。

〔他开始用餐，其他人也开始用餐。卡利古拉在餐桌
上显然不守规矩，他将橄榄核扔到旁边别人的餐盘
里，把吃肉嚼剩的残渣吐到菜盘里，还用手指甲剔
牙，拼命地搔头。他这些动作丝毫也没有不得已的原
因，然而在用餐过程中，他做得十分自然，简直是一
个个奇迹。他吃着饭，突然停下，目不转睛地盯住一
个人——勒皮杜斯。

卡利古拉　（粗暴地）看你一脸不痛快的样子，大概是因为
　　　　我处死了你儿子吧？

勒皮杜斯　（哽咽地）没有哇，卡伊乌斯，事情正相反。

卡利古拉　（喜笑颜开）正相反，啊！我真喜欢看脸上的表
　　　　情否认心中的忧虑。你满面愁容，然而，你的

心呢？正相反，对吧，勒皮杜斯？

勒皮杜斯 （坚决地）正相反，陛下。

卡利古拉 （兴致越来越高）嘿！勒皮杜斯，对我来说，谁也不如你亲近。咱们俩一起欢笑吧，你愿意吗？给我讲个笑话听吧。

勒皮杜斯 （刚才过高地估计了自己的力量）卡伊乌斯！

卡利古拉 好吧，好吧，那就由我来讲吧。可是，你听了要笑，对不对，勒皮杜斯？（目光凶狠地）即使只为了你的二儿子，你也得笑哇。（又转为笑脸）况且，你的情绪也并不坏。（喝酒，接着，口授式的）正相……正相……你说，勒皮杜斯。

勒皮杜斯 （疲惫地）正相反，卡伊乌斯。

卡利古拉 好哇。（喝酒）现在，你听着。（沉思）从前有一位可怜的皇帝，谁也不爱戴他。那皇帝呢，喜爱勒皮杜斯，就命令把他的小儿子杀掉，以便夺取他心中的爱。（改变语气）当然了，这不是真事。有趣吧，对不对？你不笑，一个人也不笑？好，你们听着。（狂怒地）我要所有人都笑起来！你，勒皮杜斯，还有其他所有人。站起来，笑吧！（敲桌子）我要看你们笑！听见了吧？我要看你们笑！

〔众人起立。这个场面自始至终，除了卡利古拉和卡索尼娅，其他演员可像木偶一样表演。

卡利古拉　（仰卧在躺椅上，乐不可支，狂笑不止）哎呀，卡索尼娅，瞧瞧他们那样子，什么也不在乎了。什么人格、尊严、别人的议论、民族的智慧，统统没有任何意义了。在恐惧面前，一切都销声匿迹了。恐惧，嘻，卡索尼娅，这种美好的情感，没有杂质，既纯洁又无私，实在难得，是从娘胎里带来的。（手抚额头，喝酒。口气友好地）现在，谈谈别的吧。喂，舍雷亚，你怎么一言不发？

舍雷亚　我准备开口说话，卡伊乌斯，只要你一声允许。

卡利古拉　好极了，那就闭上你的嘴吧。我还是希望听听我们的朋友穆西乌斯的声音。

穆西乌斯　（勉强地）听候你的吩咐，卡伊乌斯。

卡利古拉　好吧，你向我们谈谈你老婆。首先，把她打发到我的左首来。

〔穆西乌斯的妻子来到卡利古拉身边。

穆西乌斯　（有些无所适从）我老婆嘛，我爱她呗。

〔众笑。

卡利古拉　当然了，老兄，当然了。不过，这是老生常谈！（这时，穆西乌斯的妻子已经坐到他身边，他心不在焉地抚摩她的左肩，越来越泰然自若地）对了，刚才我进来的时候，你们正在密谋，对不对？你们正在搞点儿什么小阴谋，嗯？

老贵族　卡伊乌斯，你怎么能这样？……

卡利古拉　无关紧要，我的美人儿。老年总得度过去。无关紧要，真的无关紧要。你们干不出一件有胆量的事儿来。哦，刚想起来，还有几件国事要处理。不过，去办公事之前，先得满足一下自然赋予我们的欲望，这是不可抗拒的。

〔他站起身，拉着穆西乌斯的妻子走进隔壁一间屋子。

第六场

〔穆西乌斯要站起来。

卡索尼娅　（亲切地）嗒！穆西乌斯，这酒真美，我想再喝点儿。

〔穆西乌斯为之慑服，默默地给她斟酒。一时局面尴尬，只听座椅吱吱咯咯作响，以下对话颇不自然。

卡索尼娅　怎么样，舍雷亚，现在告诉我好吧，刚才你们为什么打架？

舍雷亚　（冷淡地）亲爱的卡索尼娅，完全是我们争论一个问题引起来的。我们想知道，诗歌能不能造成死亡。

卡索尼娅　这问题非常有趣。不过，这超出了我这种女人

的智力。然而，你们对艺术的激情，竟能导致
你们交起手来，这真令我钦佩。

舍雷亚 （同上）当然了。而且，卡利古拉也对我说过，凡
是具有深度的激情，都带有暴戾的行为。

埃利孔 不带点儿强奸的意味，也就没有爱情喽。

卡索尼娅 （吃着东西）这种见解里包含真实的成分。各位
说说，对不对？

老贵族 卡利古拉是个很有魄力的心理学家。

贵族甲 他向我们谈论勇气就富有雄辩力。

贵族乙 他的思想都应当全部总结出来，那会有不可估量
的价值。

舍雷亚 还不算他从中得到的消遣。因为，显然，他也需
要娱乐。

卡索尼娅 （一直吃东西）他想过这一点，目前正撰写一篇
伟大的文章，你们若是知道了，一定非常高兴。

第七场

〔卡利古拉和穆西乌斯的妻子上。

卡利古拉 穆西乌斯，还给你老婆。她就要回到你的身边。
请原谅，我还要去下达几点指示。

〔他急下。穆西乌斯脸色苍白，站起身。

第八场

卡索尼娅 （面对站立不动的穆西乌斯）这篇雄文可以同最
　　　　 著名的文章媲美。穆西乌斯，我们对此毫不
　　　　 怀疑。

穆西乌斯 （一直盯着卡利古拉出去的那扇门）卡索尼娅，
　　　　 文章讲的是什么？

卡索尼娅 （漠然地）哦！我理解不了。

舍雷亚 那就应该这样理解，文章阐述的是诗歌的屠杀
　　　　 能力。

卡索尼娅 我想，正是如此。

老贵族 （诙谐地）好哇，正如舍雷亚说的，他也能从中得
　　　　 到消遣。

卡索尼娅 对，我的美人儿。不过，这篇文章的题目，恐
　　　　 怕会使你们感到别扭。

舍雷亚 题目是什么？

卡索尼娅 《利剑》。

第九场

　　〔卡利古拉急上。

卡利古拉　请诸位包涵，国家事务嘛，也都亟待处理。总
　　　　　管，去传旨，关闭官仓。刚才我签署了法令，
　　　　　你到隔壁房间就能见到。

总管　可是……

卡利古拉　明天就要发生饥荒。

总管　可是，那老百姓就要吼叫起来了。

卡利古拉　（有力而明确地）我说了，明天就要发生饥荒。
　　　　　人人都了解，闹饥荒是一种天灾。明天就要闹
　　　　　天灾……我什么时候高兴，就把天灾刹住。
　　　　　（他向其他人解释）归根结底，我要证明自己
　　　　　是自由的，就顾不了许多了。一个人要自由，
　　　　　总要损害别人。这实在不好，但也是正常的。
　　　　　（瞥了穆西乌斯一眼）把这个运用到忌妒上面
　　　　　去，你们就会明白。（沉思地）忌妒之心，毕
　　　　　竟丑恶得很！由于虚荣和想象而痛苦不堪！眼
　　　　　看着自己的老婆……

　　　〔穆西乌斯握紧拳头，张口要讲话。

卡利古拉　（快速地）吃啊，先生们。我们和埃利孔正抓紧
　　　　　工作，你们知道吗？我们写出了一篇论处决的
　　　　　短文，你们听了会赞不绝口的。

埃利孔　假如要征求你们的看法的话。

卡利古拉　要宽宏大量一点儿嘛，埃利孔！把咱们的小秘
　　　　　密披露给他们吧。说吧，第三章，第一节。

埃利孔 （站起来，机械地背诵）"处决能使人免于痛苦，
　　　　脱离苦海。无论是就其实施还是就其宗旨来讲，
　　　　处决都是普遍的、令人鼓舞的和公正的。人应当
　　　　死，因为他们有罪。他们之所以有罪，是因为他
　　　　们当了卡利古拉的臣民。既然帝国上下全是卡利
　　　　古拉的臣民，那么人人有罪。因此得出结论，所
　　　　有的人都应当处死，问题只在于时间和耐心。"

卡利古拉 （笑）你们有什么想法？耐心等死？嗯，这真是
　　　　个新发现！你们要听听我的想法吗？在你们身
　　　　上，我最钦佩的也就是这一点。先生们，现在，
　　　　你们可以自便了，舍雷亚用不着你们了。不过，
　　　　卡索尼娅留下！还有勒皮杜斯和奥克塔维乌斯！
　　　　梅勒伊亚也留下。我想同你们商量商量，我那
　　　　所妓院如何组织，它让我伤透了脑筋。

〔其余人缓步下场。卡利古拉的目光盯着穆西乌斯。

第十场

舍雷亚　听你的吩咐，卡伊乌斯。哪方面不顺利呢？是管
　　　　理人员不称职吗？

卡利古拉　不，是收入情况不好。

梅勒伊亚　应当提高收费标准。

卡利古拉　梅勒伊亚，这不，你失掉了一次保持沉默的机

会。你这么大年纪了，不会对这种问题感兴趣。再说，我也没有问你的高见。

梅勒伊亚　那为什么把我留下？

卡利古拉　因为过一会儿，我要征询一种不带感情的意见。

〔梅勒伊亚走开。

舍雷亚　卡伊乌斯，如果我能带着感情谈一谈的话，我要说收费标准不能动。

卡利古拉　哦，这是自然。不过，营业额也要上去。我的计划，已经向卡索尼娅解释过，由她来向你们说明。我嘛，酒喝多了，觉得困倦了。（躺下，闭上眼睛）

卡索尼娅　非常简单。卡利古拉新创立了一种勋章。

舍雷亚　我不明白两者有什么关系。

卡索尼娅　可是有关系。要以这种勋号组成公民英雄勋位团。光顾卡利古拉的妓院次数最多的公民，将得到这种酬赏。

舍雷亚　这很明白。

卡索尼娅　我想是的。我忘记讲了，每月要核对门票，颁发一次勋章。满十二个月还得不到勋章的公民，就要流放或者处决。

贵族丙　为什么规定"或者处决"呢？

卡索尼娅　因为卡利古拉说，这无关紧要，关键在于他能够选择。

舍雷亚　妙极了！国家财政如今就有补充了。

埃利孔　而且始终以非常道德的方式，这一点你们要特别
　　　　注意。总而言之，最好还是向罪恶收费，而不应
　　　　该像共和制社会那样，向美德勒索罚金。

　　〔卡利古拉半睁开眼睛，注视年迈的梅勒伊亚。梅勒
　　伊亚站在远处，掏出一个小瓶，喝了一口。

卡利古拉　（依然躺着）你喝什么呢，梅勒伊亚？

梅勒伊亚　是治我哮喘病的药，卡伊乌斯。

卡利古拉　（分开众人，走向梅勒伊亚，闻闻他的嘴）不
　　　　　对，是解毒的药。

梅勒伊亚　哪里呀，卡伊乌斯。你要开玩笑哇。夜里我喘
　　　　　不上气儿来，治疗已有好长时间了。

卡利古拉　看来，你是害怕中毒啦？

梅勒伊亚　我这哮喘病……

卡利古拉　不对，是怎么回事儿，就怎么说：你害怕我毒
　　　　　死你。你怀疑我，总在窥视我。

梅勒伊亚　绝没有，我以所有的神灵起誓！

卡利古拉　你对我起疑心，也可以说，你在提防我。

梅勒伊亚　卡伊乌斯！

卡利古拉　（粗暴地）回答！（不容置疑地）如果你吃的是
　　　　　解毒药，那么，你就是揣度我有意毒死你。

梅勒伊亚　是啊……我是说……不对。

卡利古拉　你一旦认为我决定要毒死你，就千方百计地防

范这种旨意。

〔冷场。从这个场面一开始，卡索尼娅和舍雷亚就退
　至远台。只有勒皮杜斯惶恐不安地听着二人对话。

卡利古拉　（越来越明确地）这就构成两条罪状，你逃不掉
　　　　　其中的一条：或者我并不想杀害你，而你错误
　　　　　地怀疑我，怀疑你的皇上；或者，我要处死你，
　　　　　而你这个逆臣，公然违抗我的旨意。（停顿。卡
　　　　　利古拉得意地凝视着老人）哼，梅勒伊亚，这
　　　　　个逻辑推理，你说怎么样？

梅勒伊亚　这个逻辑……这个逻辑推理非常严谨，卡伊乌
　　　　　斯。然而，我这情况用不上。

卡利古拉　还有，第三条罪状，你把我当成傻瓜。这三条
　　　　　罪状中，只有一条对你是光彩的，就是第二
　　　　　条——因为，当你一猜想我有那种决定，并且
　　　　　进行抵制，这就表明你谋反。你成为煽动者、
　　　　　革命者。这很好嘛。（悲伤地）我非常爱你，
　　　　　梅勒伊亚。因此，我要按第二条罪状将你处
　　　　　死，而不是按其他罪状。你既然叛乱，就应当
　　　　　慷慨就义。

〔在卡利古拉讲这番话时，梅勒伊亚在座位上逐渐缩
　成一团。

卡利古拉　不必感谢我，这是理所当然的。给你，（递给梅
　　　　　勒伊亚一个小瓶，亲切地）把这毒药喝下去。

〔梅勒伊亚痛哭流涕，摇头拒绝。

卡利古拉 （不耐烦地）喝吧，喝吧！

〔梅勒伊亚企图逃跑。可是，卡利古拉一个饿虎扑食，在舞台中央一把揪住他，把他扔到一张矮椅上，经过一阵厮打，将小瓶塞到他的牙齿中间，用拳头把瓶子敲碎。梅勒伊亚挣扎了几下，便咽了气，脸上沾满了药水和鲜血。

〔卡利古拉直起身，机械地擦手。

卡利古拉 （把梅勒伊亚的药瓶递给卡索尼娅，对她说）这是什么？是解毒药吗？

卡索尼娅 （平静地）不是，卡利古拉，这是哮喘药。

卡利古拉 （凝视梅勒伊亚，沉默片刻）没什么关系，反正是一码事儿，不过早一点儿晚一点儿……

〔他一直擦着手，一副忙碌的样子，然后突然下场。

第十一场

勒皮杜斯 （面如土色）怎么办哪？

卡索尼娅 （极其自然地）我想，先把尸体抬走，太难看啦！

〔舍雷亚和勒皮杜斯抓住尸体，拉到后台。

勒皮杜斯 （对舍雷亚）必须赶快下手。

舍雷亚 需要二百人。

〔青年西皮翁上。他瞧见卡索尼娅，转身要走。

第十二场

卡索尼娅　过来呀。

西皮翁　干什么？

卡索尼娅　靠近些。

　　〔她用手抬起他的下巴颏儿，盯着他的眼睛。冷场。

卡索尼娅　（冷淡地）他杀了你父亲？

西皮翁　对。

卡索尼娅　你恨他吗？

西皮翁　对。

卡索尼娅　你要杀他吗？

西皮翁　对。

卡索尼娅　（放开他）那么，你为什么告诉我呢？

西皮翁　因为，我不惧怕任何人。杀掉他，还是被他杀掉，
　　　　不过是了结的两种方式。况且，你也不会出卖我。

卡索尼娅　你说得对，我不会出卖你。不过，我要告诉你
　　　　一点儿事情——这样说吧，我要对你身上最美
　　　　好的情感谈一谈。

西皮翁　我身上最美好的情感，就是我的仇恨。

卡索尼娅　你听一听嘛。我要对你说的话，既难理解，又
　　　　很明了。别看是一句话，倘若真正听进去，这
　　　　个世界就能完成唯一的彻底革命。

西皮翁　那就说吧。

卡索尼娅　别忙。你先想一想你父亲被割掉舌头时那副痉
　　　　　挛的面孔，想一想他那满是鲜血的嘴、那种被
　　　　　宰割的野兽般的惨叫。

西皮翁　嗯。

卡索尼娅　现在，你再想一想卡利古拉。

西皮翁　（满腔仇恨地）嗯。

卡索尼娅　这回你听着：尽量想个明白。

〔卡索尼娅下。青年西皮翁不知所措。埃利孔上。

第十三场

埃利孔　卡利古拉回来了。你们是不是要去吃饭，诗人？

西皮翁　埃利孔！帮帮我的忙。

埃利孔　这可有点儿冒险，我的野鸽。我对诗歌一窍不通。

西皮翁　你能帮上我。你懂得的事情非常多。

埃利孔　我懂得日子一天一天过去，必须抓紧时间吃喝。
　　　　我也知道你会杀死卡利古拉……而且，他还不会
　　　　以仇视的目光看待这一举动。

〔卡利古拉上。埃利孔下。

第十四场

卡利古拉　哦！是你呀。（他停住脚步，仿佛要定一定神
　　　　　儿）好久没见到你了。（缓步朝西皮翁走去）
　　　　　你做什么呢？一直在创作吗？你近来写了什
　　　　　么，能给我看看吗？

西皮翁　（神态同样不自然，心态介于仇恨与难以名状的情
　　　　　感之间）我作了诗，陛下。

卡利古拉　写的什么呢？

西皮翁　不知道，陛下，我想是写大自然吧。

卡利古拉　（坦然了一些）好题材，而且很广阔。大自然，
　　　　　让你产生了什么感触哇？

西皮翁　（镇定下来，神情讥讽而敌对地）大自然安慰了我
　　　　　这个没有做皇帝的人。

卡利古拉　哦！你认为它能安慰我这个做了皇帝的人吗？

西皮翁　（同上）真的，它治愈了特别严重的创伤。

卡利古拉　（异常坦率地）创伤？你是怀着恶意讲这句话
　　　　　的。是因为我杀了你父亲吗？创伤！你若是明
　　　　　白这个词用得多准确，那该多好哇！（改变语
　　　　　气）只有仇恨才能使人聪明起来。

西皮翁　（死板地）我是回答你关于大自然的问题。

　　　　〔卡利古拉坐下，凝视西皮翁。继而，突然抓住他的

双手，把他硬拉到自己脚下，并用手捧起他的脸。

卡利古拉　你的诗背诵给我听听。

西皮翁　求求你，陛下，不必了吧。

卡利古拉　为什么？

西皮翁　诗稿没有带在身上。

卡利古拉　你不记得了吗？

西皮翁　不记得了。

卡利古拉　诗的内容对我说说，总还可以吧？

西皮翁　（始终死板地，仿佛遗憾地）我在诗中谈到……

卡利古拉　谈到什么？

西皮翁　不行，想不起来了……

卡利古拉　说说看……

西皮翁　我谈到某种和谐，即大地和……

卡利古拉　（全神贯注地，打断西皮翁的话）……大地和脚的和谐。

西皮翁　（感到意外，犹豫一下，继续说道）对，大致是这样……

卡利古拉　说下去。

西皮翁　还有罗马丘峦的轮廓以及黄昏带来的短暂的、令人心潮平和的恬静……

卡利古拉　只听湛蓝天空中雨燕的叫声。

西皮翁　（心情进一步放松）对，还有。

卡利古拉　还有什么？

西皮翁　在那微妙的瞬息间，天空变幻：看上去还是万道金霞的天空，猛然翻转过去，向我们显示它星斗灿烂的另一副面孔。

卡利古拉　还有炊烟、树木和流水的混杂气味，从大地袅袅升上夜空。

西皮翁　（完全陶醉地）……蝉声入耳，暑气减退，犬吠声、迟归马车的隆隆声、庄户的话语声……

卡利古拉　……黄连木和橄榄树之间的路径，隐没在暮霭中……

西皮翁　对，对，正是这样！咦！你是怎么知道的呢？

卡利古拉　（紧紧地搂住西皮翁）我也不知道。也许，我们喜爱相同的真实事物吧。

西皮翁　（激动地，把头埋在卡利古拉的胸前）噢！有什么关系呢，既然我身上的一切都体现着爱。

卡利古拉　（一直抚摩西皮翁）这是伟大心灵的品格。哪怕我能洞烛你的心灵也好哇！然而，我深深了解我热爱生活的力量，它不会满足于大自然，这是你们理解不了的。你属于另外一个世界，你是善中纯粹的人，而我是恶中纯粹的人。

西皮翁　我能够理解。

卡利古拉　不能。我这心事，这死寂的湖水，这腐烂的草。（突然改变声调）你的诗一定很优美，不过，你要听听我的看法……

西皮翁　（同上）嗯。

卡利古拉　这一切缺少血腥气味。

〔西皮翁猛地向后一仰身，恐惧地看着卡利古拉。他
　接连后退几步，凝视着卡利古拉，说话声音低沉。

西皮翁　噢！魔鬼，吃人的恶魔。你又假戏真做，刚才你
　　　　是演戏吧，嗯？你还很自鸣得意吧？

卡利古拉　（有点儿伤感地）你的话有几分对，我是演戏了。

西皮翁　（同上）你的心该有多卑鄙，沾有多少血污哇！
　　　　哼！有多少邪恶与仇恨折磨着你呀！

卡利古拉　（轻声地）现在，你住口吧。

西皮翁　我多么可怜你，又多么恨你呀！

卡利古拉　（生气地）住口。

西皮翁　你的孤独，该是多么邪恶的孤独哇！

卡利古拉　（发怒，扑向西皮翁，揪住他的脖领摇晃）孤
　　　　独！你，你领教过吗？孤独，诗人和无能之辈
　　　　的孤独。孤独？究竟什么样的孤独呢？哼，你
　　　　并不知道，单独一个人，从来就不是孤独的。
　　　　未来和过去具有同样的压力，无处不伴随我
　　　　们！被杀害的人的冤魂追逐我们。仅仅是这
　　　　些，那还好对付。然而，还有你爱过的人，你
　　　　没爱过但却爱过你的人，悔恨、欲念、辛酸和
　　　　甜美，妓女和神仙！（放开西皮翁，退向他的
　　　　座位）单独一个人！啊！我的孤独，即使不是

幽灵纠缠的这种孤独，能够尝尝真正的孤独，尝尝一棵树的沉默和抖瑟，那也是好的呀！（坐下，陡然疲倦地）孤独！其实不然，西皮翁。孤独中充斥着咬牙切齿的声音，回荡着逝去的嘈杂喧哗声。还有，当夜幕将我们笼罩起来的时候，就在我抚摩着的女人身边，肉体的欲望终于满足了，我认为精神可以脱离肉体，去捕捉一下生死之间的我的时候，我的整个孤独，却充满了交欢后的汗臭气味，那是躺在我身边还昏昏欲睡的女人腋下发出的。

〔他显得精疲力竭。长时间冷场。

〔青年西皮翁转到卡利古拉的身后，靠上前去，动作有点儿迟疑，然后伸出手，搭在卡利古拉的肩上。卡利古拉没有回头，用一只手握住西皮翁的手。

西皮翁　在生活中，所有的人都有一段温情，这能帮助人生活下去。人在感到心灰意冷的时候，就缅怀那段温情。

卡利古拉　说得对，西皮翁。

西皮翁　在你的生活中，难道就没有一点儿类似的东西吗？凝聚欲出的珠泪啦，寂静的寄托之所啦……

卡利古拉　怎么没有呢。

西皮翁　到底是什么？

卡利古拉　（缓慢地）蔑视。

——幕落

第三幕

第一场

〔幕启前，鼓钹声大作。幕启，布景类似集市的一个表演台。台中央挂一道帷幔，帷幔前摆一个小讲台，上面坐着埃利孔和卡索尼娅。鼓钹手分列两侧。几名贵族、青年西皮翁，都背对着观众，坐在各自的座位上。

埃利孔　（以街头卖艺人的油腔滑调）靠近点儿！靠近点儿！（钹声）神再次降临大地。卡伊乌斯，皇帝和神，诨号卡利古拉，把自己纯粹的人的外形借给了神。靠前点儿，粗俗的世人，神就要在你们面前显灵了。多亏万民称颂的卡利古拉统治的特殊恩赐，神的秘密才让所有人的眼睛看到。

〔钹声。

卡索尼娅　上前来，先生们！瞻仰吧，拿出你们的金钱。

今天，凡是有钱的人，都能看到上天的秘密。

〔钹声。

埃利孔　奥林匹斯①和它的幕后、它的阴谋、它的安逸和它的辛酸。上前来！上前来！来看你们神仙的全部真相啦！

〔钹声。

卡索尼娅　瞻仰吧，拿出你们的金钱吧。靠前来，先生们，演出就要开场了。

〔钹声。奴隶们纷纷把各种道具搬上讲台。

埃利孔　这是真相的一次惊人的再现，一次空前的大展示。神威壮观的布景搬到了人间，这是一次无比精彩的演出。闪电（奴隶点燃火硝），雷鸣（奴隶滚动一只装有石子的木桶），命运之神踏着胜利的步伐。靠前来，观赏吧！

〔埃利孔拉开帷幔，现出卡利古拉。卡利古拉一身维纳斯女神的滑稽打扮，站在台座上。

卡利古拉　（亲切地）今天，我是维纳斯。

卡索尼娅　礼拜开始。全体跪下，（除了西皮翁，众人全跪下）跟着我念献给卡利古拉——维纳斯的祷词："痛苦与舞蹈的女神……"

众贵族　痛苦与舞蹈的女神……

卡索尼娅　生于波涛，在盐和浪花泡沫中，滚了一身黏液和苦涩味……

_____

①　古希腊人的神山，是神聚居的地方。

众贵族　生于波涛，在盐和浪花泡沫中，滚了一身黏液和苦
　　　　涩味……

卡索尼娅　你，宛如一笑粲然和一声惋惜……

众贵族　你，宛如一笑粲然和一声惋惜……

卡索尼娅　宛如一缕辛酸和一股激情……

众贵族　宛如一缕辛酸和一股激情……

卡索尼娅　教给我们能让爱复活的冷漠态度吧……

众贵族　教给我们能让爱复活的冷漠态度吧……

卡索尼娅　向我们启示根本不存在的人世间的真理吧……

众贵族　向我们启示根本不存在的人世间的真理吧……

卡索尼娅　赋予我们生活的力量吧，以使我们无愧于这无
　　　　与伦比的真理……

众贵族　赋予我们生活的力量吧，以使我们无愧于这无与
　　　　伦比的真理……

卡索尼娅　停顿！

众贵族　停顿！

卡索尼娅　（继续）将你的天赋全赐给我们吧，将你的不偏
　　　　不倚的残忍、你完全客观的仇恨，都撒在我们
　　　　的脸上吧。在我们眼睛的上方，张开你满是鲜
　　　　花和凶杀的双手。

众贵族　……你满是鲜花和凶杀的双手。

卡索尼娅　收容你这些迷途的孩子吧。把我们收养在失掉
　　　　你冷漠痛苦之爱的避难所里。赐给我们吧，你

那没有对象的激情、你那丧失理智的痛苦和你
那毫无前景的欢乐……

众贵族　……和你那毫无前景的欢乐……

卡索尼娅　（声音很高地）你，那么空虚，又那么灼热，没
有人性，却又那么世俗，用和你质地相同的酒
把我们灌醉吧，让我们在你发咸的黑心里永远
餍足吧。

众贵族　……用和你质地相同的酒把我们灌醉吧，让我们
在你发咸的黑心里永远餍足吧。

〔当贵族们念完最后一句的时候，一直伫立不动的卡
利古拉开始抖动身体，以洪亮的声音说道：

卡利古拉　赐给你们，我的孩子，你们的愿望将得到满足。

〔他盘腿坐到台座上。贵族们一个接着一个下跪，往
外倒钱，退场之前排列在舞台右侧。最后一名由于心
慌，忘记给钱就要走开。但见卡利古拉一跃而起。

卡利古拉　喂！喂！过来，我的小伙子。敬神，固然好，
但是，让神发财就更好了。谢谢！这就对了。
如果神只有世人的爱，而得不到财富的话，那
么，他们就会像卡利古拉一样清贫了。诸位先
生，现在，你们可以走了，可以到城里传布你
们看到的惊人的奇迹：你们见到了维纳斯，所
谓见到，就是指你们用肉眼见到了。而且，维
纳斯还对你们讲了话。去吧，先生们。

〔贵族们动起来。

卡利古拉　　等一等！出去的时候，请走左边走廊。我在右
　　　　　　边走廊布置了卫士，要刺杀你们。

〔贵族们有些慌乱，匆匆退场。奴隶与乐工也退下。

第二场

〔埃利孔用手指威胁西皮翁。

埃利孔　　西皮翁，你又闹起无政府主义！

西皮翁　　（对卡利古拉）你亵渎神灵，卡伊乌斯。

埃利孔　　你讲这话究竟是什么意思？

西皮翁　　你血洗大地之后，又玷污上天。

埃利孔　　这位青年热衷于伟大的字眼。

〔他过去躺到一张沙发上。

卡索尼娅　　（非常平静地）小伙子，你也太过火了。此刻，
　　　　　　就在罗马，有人因为发表煽动力小得多的言论
　　　　　　丧了命。

西皮翁　　我决意向卡伊乌斯讲老实话。

卡索尼娅　　喂，卡利古拉，这副品德高尚的形象，正是你
　　　　　　的统治所缺少的。

卡利古拉　　（关切地）西皮翁，你信神吗？

西皮翁　　不信。

卡利古拉　　这我就不明白了：为什么你如此敏感，一眼就
　　　　　　看出来是渎神呢？

西皮翁　　我可以否认一样东西，但不一定非得诋毁它，或
　　　　　者剥夺别人相信的权利。

卡利古拉　　你这样讲，其实是出自谦虚，出自真正的谦虚！
　　　　　　哦！亲爱的西皮翁，我该多么为你高兴啊。要
　　　　　　知道，我还羡慕你呢……因为，这也许是我唯
　　　　　　一永远感受不到的感情。

西皮翁　　你羡慕的不是我，而是神灵。

卡利古拉　　如果你愿意的话，这一点就将作为我这统治的
　　　　　　大秘密，永远是个谜。现今，别人能对我提出
　　　　　　责难的，无非是我在威力和自由的道路上又向
　　　　　　前迈了一小步。对一个崇尚权力的人来说，有
　　　　　　神的竞争，总有点儿令人恼火。我取缔了这种
　　　　　　竞争。我已向那些虚幻的神灵证明，一个人要
　　　　　　想干，用不着求师，就能操起他们可笑的
　　　　　　行当。

西皮翁　　这就是亵渎，卡伊乌斯。

埃利孔　　不对，西皮翁，这是英明。我大体上也懂得，要
　　　　　想和神分庭抗礼，只有一种办法，那就是同神一
　　　　　样残酷无情。

西皮翁　　只要成为暴君就行。

卡利古拉　　什么是暴君呢？

西皮翁　有一颗迷惘的心灵。

卡利古拉　不见得，西皮翁。所谓暴君，其实就是为自己
　　　　　的思想或野心而牺牲黎民百姓的人。而我呢，
　　　　　我没有思想，在荣誉和权力方面，我再也没有
　　　　　任何渴求。我运用这个权力，也是为了补偿。

西皮翁　补偿什么？

卡利古拉　补偿神的愚蠢和仇恨。

西皮翁　仇恨不能补偿仇恨，权力解决不了问题。要抵消
　　　　世间的敌意，我看只有一种方式。

卡利古拉　什么方式？

西皮翁　穷困。

卡利古拉　（修自己的脚）这个方式，我也应该尝试一下。

西皮翁　可是眼下，在你周围死了许多人。

卡利古拉　说真的，西皮翁，屈指可数。我避免了几次战
　　　　　争，你知道吗？

西皮翁　因为罗马强大不强大，你根本不放在心上。

卡利古拉　不对，是因为我爱护人的生命。

西皮翁　你是在戏弄我呀，卡伊乌斯。

卡利古拉　至少可以这样讲，我把人命看得重于征伐的理
　　　　　想。当然，我没有把别人的性命看得比我自己
　　　　　的还重，这也是真的。我之所以草菅人命，正
　　　　　因为我自己就视死如归。你说得不对，我越考
　　　　　虑，越坚信我不是个暴君。

西皮翁　这话顶什么？反正你给我们造成危害，就等于你
　　　　是暴君了。

卡利古拉　（颇不耐烦地）你要是会计算，就能算得出来，
　　　　一个理智的暴君发动的规模最小的战争，也比
　　　　我随心所欲使你们付出的代价高出千百倍。

西皮翁　然而，那起码在情理之中，关键在于人能够理解。

卡利古拉　人理解不了命运，因此，我装扮成了命运。我
　　　　换上神的那副又愚蠢又不可理解的面孔。刚
　　　　才，你的那些同僚学会崇拜的，就是这种
　　　　面孔。

西皮翁　这就是亵渎，卡伊乌斯。

卡利古拉　不，不，西皮翁，这是戏剧艺术！所有这些人
　　　　的谬误，就在于不大相信舞台效果。要不是这
　　　　样，他们早就该明白，谁都可以演天国悲剧，
　　　　谁都能成为天神，只要练就一副铁石心肠就
　　　　行了。

西皮翁　也许是这样吧，卡伊乌斯。然而，果真如此的话，
　　　　那我就认为你在自掘坟墓。终有一天，你周围的
　　　　人一批批如法炮制，装扮成神，他们纷纷起来，
　　　　也变得如狼似虎，就会把你这昙花一现的神威浸
　　　　在血泊中！

卡索尼娅　西皮翁！

卡利古拉　（明确而生硬地）让他说，卡索尼娅。你想不到

你自己说得多好，西皮翁：我是在自掘坟墓。不过，你说的那一天，我还很难想象出来，倒是有几次出现在我的梦中。在凄苦的黑夜里，幽灵出现，一张张面孔，因仇恨和惶恐而狰狞。看到那些狰狞的面目，我感到欣喜，认出这是我在世上崇拜过的唯一的神：像人心一样残忍和卑怯。（发火）现在，走吧，你说的话实在太多了。（改变口气）我还要染红我的脚指甲呢，这事儿非常急迫。

〔西皮翁和卡索尼娅下。只有埃利孔还围着卡利古拉转，专心给他染脚指甲。

第三场

卡利古拉　埃利孔！

埃利孔　什么事儿?

卡利古拉　你的差使有进展吗?

埃利孔　什么差使?

卡利古拉　还用问！……月亮呗！

埃利孔　有进展，还要耐心等待。不过，我想同你谈谈。

卡利古拉　耐心，我也许有，可是时间不很多了，一定要快办，埃利孔。

埃利孔　我对你说过，我尽力去办。可是，有严重的情况，我得先告诉你。

卡利古拉　（仿佛没有听见）要知道，我已经把她弄到手了。

埃利孔　谁呀？

卡利古拉　月亮呗。

埃利孔　对，当然了。可是，有人想谋杀你呀，你知道吗？

卡利古拉　我甚至完全把她弄到手了。倒也是，只有两三回，可毕竟还是到了我的手。

埃利孔　我早就想同你谈谈了。

卡利古拉　那还是去年夏天的事儿。我凝神看着她，在花园亭柱上抚摸她，后来她终于理解了。

埃利孔　停止这场游戏吧，卡伊乌斯。即使你不愿意听，我的职责还是要讲。你听不进去活该。

卡利古拉　（一直忙着染脚指甲）这种涂料一钱不值。还是谈谈月亮吧，那是八月的一个美好的夜晚。（埃利孔扭过头去，站着不动也不讲话）起初，她还扭扭捏捏。当时，我已经上床安歇了。她在地平线上，整个儿是血红色。接着，她开始上升，越来越轻捷，速度也加快了。她越升高就越明亮，在星光灿烂的夜空里，宛若一泓乳白色的湖水。于是她发情了，浑身一丝不挂，显得那么温柔，那么轻盈，款款地跨进我的门槛，走到我的床前，悄悄钻进了锦衾，让我沐浴在她那盈盈笑容和辉光之中。——这种涂料实在

　　　　　　　一钱不值。要知道，埃利孔，这可不是夸耀，
　　　　　　　我占有了她。

埃利孔　　威胁你的是什么，你想不想听我说，想不想知道？

卡利古拉　（停住手，定睛看埃利孔）我只需要月亮，埃利
　　　　　　　孔。事先我就知道会被什么杀掉。我还没有用
　　　　　　　尽一切我赖以生存的东西。因此，我要月亮。
　　　　　　　没有给我搞到月亮，你就别来见我。

埃利孔　　那好，我一定尽职，但是我也要把该讲的话讲出
　　　　　　　来。有人策划阴谋反对你，舍雷亚是主谋。我无
　　　　　　　意中发现了这个书板，你一看就能了解主要的情
　　　　　　　况。我放在这儿了。

　　　〔埃利孔将书板放在一张椅子上，退下。

卡利古拉　上哪儿去，埃利孔？

埃利孔　　（停在门口）给你寻找月亮去。

第四场

　　　〔有人轻轻地敲对面的门。卡利古拉猛然回头，发现
　　　　　老贵族。

老贵族　　（迟疑地）可以进去吗，卡伊乌斯？

卡利古拉　（不耐烦地）那就进来吧。（注视老贵族）怎么，
　　　　　　　我的美人儿，又来看维纳斯啦！

老贵族　不，不是这事儿。嘘！哦！对不起，卡伊乌
　　　　斯……我想说……你是知道的，我非常爱你……
　　　　再说，我的晚年，只求平平安安地度过……

卡利古拉　快说吧！快说！

老贵族　嗯，好。是这么回事儿……（很快地）总而言之，
　　　　事情非常严重。

卡利古拉　不，并不严重。

老贵族　什么事儿啊，卡伊乌斯？

卡利古拉　我们说的是什么事儿啊，我的宝贝？

老贵族　（环视周围）就是说……（他用尽气力，终于迸发
　　　　出来）一起反对你的阴谋……

卡利古拉　瞧瞧，我不是说了嘛，一点儿也不严重。

老贵族　卡伊乌斯，他们企图杀害你。

卡利古拉　（朝老贵族走过去，抓住他的双肩）你知道我为
　　　　什么不能相信你吗？

老贵族　（做个赌咒的姿势）我以所有的神灵发誓，卡伊乌
　　　　斯……

卡利古拉　（把老贵族一步一步推向门口，轻声地）别发
　　　　誓，千万别发誓，还是听我说说吧。假如你的
　　　　话是真的，我就不得不推测，你出卖朋友，对
　　　　不对？

老贵族　（颇为窘迫地）可以这样说，卡伊乌斯，由于我爱
　　　　戴你……

卡利古拉　（依然低声地）而我不能做出这种推测。我对卖
　　　　　　友求荣的人憎恶透了，碰见就杀，从来不手软。
　　　　　　你的品德，我非常了解。不用说，你既不想出
　　　　　　卖朋友，也不想找死。

老贵族　那当然了，卡伊乌斯，那当然了！

卡利古拉　瞧瞧，我没信你的话，就是有道理嘛。你不是
　　　　　　卑怯的人，对吧？

老贵族　哦！不是……

卡利古拉　也不是卖友求荣的人。

老贵族　那还用说，卡伊乌斯。

卡利古拉　因此，没有人搞阴谋。说说看，刚才你那话纯
　　　　　　粹是开玩笑吧？

老贵族　（脸色陡变）是开玩笑，纯粹是开玩笑……

卡利古拉　没有人要谋杀我，这是显而易见的吧？

老贵族　没有人，当然没有人了。

卡利古拉　（急促地喘息，然后慢吞吞地）那就走开吧，我
　　　　　　的美人儿。一个正派人是世间的珍奇动物，看
　　　　　　时间长了我受不了。我要单独待一会儿，好玩
　　　　　　味这个伟大的时刻。

第五场

　　〔卡利古拉对着椅子上的书板凝视片刻，抓起来读了

读，用力呼吸，叫来一名卫士。

卡利古拉　把舍雷亚带来。（卫士欲下）等一等。（卫士站
　　　　　住）对他客气点儿。

〔卫士下。卡利古拉来回走了走，然后朝镜子走去。

卡利古拉　你下过决心，白痴，一定要遵循逻辑。问题只
　　　　　是要看看究竟会走到什么地步。（挖苦地）如
　　　　　果把月亮给你送来，一切就会变样，对吧？不
　　　　　可能的事情就会变为可能，一切就会骤然改
　　　　　观。为什么不会呢，卡利古拉？谁能知道呢？
　　　　　（环视周围）真奇怪，我周围的人越来越少了。
　　　　　（对着镜子，声音低沉地）杀人如麻，杀人如
　　　　　麻，杀人如麻，人数大大减少了。即使把月亮
　　　　　给我送来，我也不能走回头路了。即使在阳光
　　　　　的抚摩下，死人重新活动起来，杀人的事实也
　　　　　不会因此而不存在了。（怒冲冲地）逻辑，卡
　　　　　利古拉，必须遵照逻辑干下去。掌权就要掌握
　　　　　到底，弃权就要放弃彻底。不，不能走回头
　　　　　路，必须一直走到终结。

〔舍雷亚上。

第六场

〔卡利古拉在座椅上身子半仰着，脖颈缩进披风里，一副疲惫的神情。

舍雷亚　你叫我吗，卡伊乌斯？

卡利古拉　（声音微弱地）对，舍雷亚。卫士！拿蜡烛来！

〔冷场。

舍雷亚　你有什么事儿要单独同我谈谈？

卡利古拉　没有，舍雷亚。

〔冷场。

舍雷亚　（颇为恼火地）你肯定我有必要来吗？

卡利古拉　完全肯定，舍雷亚。（又冷场片刻。忽然热情地）唔！请原谅，我心不在焉，接待你不周。坐到这张椅子上，咱俩促膝谈谈吧。我需要同一个聪明人聊聊。

〔舍雷亚坐下。

〔仿佛从本剧开场以来，他第一次显得这么自然。

卡利古拉　舍雷亚，假如两个人的心灵和自豪感不分高下，你认为他俩在一生当中，起码能有一次剖腹相见吗？——二人仿佛面对面，身上一丝不挂，剥光了他们赖以生存的成见、私利和谎言。

舍雷亚　我想这是可能的，卡伊乌斯。不过，我认为你办
　　　　不到。

卡利古拉　你说得对。我不过是要了解一下，你同我想的
　　　　是否一致。那好，让我们戴上面具吧，运用谎
　　　　言吧，让我们全身披挂起来，谈话就像搏斗一
　　　　样。舍雷亚，为什么你不喜欢我？

舍雷亚　因为，你身上没有一丝可爱之处，卡伊乌斯。因
　　　　为，这种事情不能强迫命令。还有一个原因，我
　　　　对你了解极深，谁也不会喜欢自己竭力掩饰的一
　　　　副面孔。

卡利古拉　为什么恨我呢？

舍雷亚　这点你误会了，卡伊乌斯，我并不恨你。我认为
　　　　你有害、残酷、自私和爱慕虚荣，然而，我并不
　　　　能恨你，因为我看你并不幸福。我也不能鄙视你，
　　　　因为我知道你不是卑怯的人。

卡利古拉　那么，你为什么要杀害我呢？

舍雷亚　我对你说过：我认为你有害。我的喜爱也需要安
　　　　全感。大多数人也同我一样。在他们生活的天地
　　　　中，如果最荒唐的思想在一刹那间就能进入现
　　　　实，往往像匕首一般刺入心脏，那么他们就无法
　　　　活下去。我也如此，不愿意在这种世界里生活。
　　　　我更愿意把自己牢牢掌握在自己手中。

卡利古拉　安全和逻辑不可能并行不悖。

舍雷亚　的确如此。我的想法不合逻辑，但是有益。

卡利古拉　说下去。

舍雷亚　再也没什么要讲的了。我不愿意跟随你的逻辑走。
　　　　对我做人的职责，我另有想法。而且我也知道，
　　　　你的臣仆大多和我想的一致。你妨碍大家，当然
　　　　应当从这世上消失。

卡利古拉　这番话十分明确，也十分合理，在大多数人的
　　　　眼中，这甚至是不言而喻的。可是，对你则不
　　　　然。你是聪明人；聪明，要么付出很高的代
　　　　价，要么否定自身。拿我来说，我要付出代
　　　　价。然而你呢，为什么既不否认聪明，又不愿
　　　　意付出代价呢？

舍雷亚　因为我渴望生活，也渴望幸福。我认为，彻底推
　　　　行这种荒谬逻辑，既无法生活，也不会幸福。我
　　　　同所有人一样，为了感受一下无牵无挂的自由，
　　　　我有时竟然希望我所爱的人死去；我也觊觎一些
　　　　女人，而这又是伦理或友谊所不容的。如果按照
　　　　自己的逻辑干下去，我就应该杀掉我所爱的人，
　　　　占有那些女人。但是，我认为这类模糊的念头不
　　　　值一提。假如大家都要实现这类念头，那我们就
　　　　既无法生活，也谈不上幸福了。再说一遍，我看
　　　　重的就是这个。

卡利古拉　你总还相信某种更高尚的思想吧。

舍雷亚　我相信有些行为比另外一些美好。

卡利古拉　我认为所有行为全是半斤八两。

舍雷亚　我知道你持这种看法，卡伊乌斯，因此，我并不
　　　　恨你。然而，你是障碍，是障碍就应当清除。

卡利古拉　说得对极了。但是，为什么对我直言不讳，甘
　　　　冒生命危险呢？

舍雷亚　因为别人会接替我，还因为我不爱说谎。

　　〔冷场。

卡利古拉　舍雷亚！

舍雷亚　嗯，卡伊乌斯。

卡利古拉　假如两个人的心灵和自豪感不分高下，你认为
　　　　他俩在一生当中，起码能有一次剖腹相见吗？

舍雷亚　我认为我们刚才就是这样做的。

卡利古拉　对，舍雷亚。可是，刚才你还认为我做不到呢。

舍雷亚　我判断错了，卡伊乌斯，我认错，也向你表示感
　　　　谢。现在，我等待你的判决。

卡利古拉　（心不在焉地）等待我的判决？哦！你是说……
　　　　（从披风里掏出书板）你认识这件东西吗，舍
　　　　雷亚？

舍雷亚　我知道它在你手里。

卡利古拉　（冲动地）对，舍雷亚，你的坦率也还是装出来
　　　　的，两个人并没有剖腹相见。不过，这也无所
　　　　谓。现在，我们停止这种佯装坦率的游戏，还

像以往那样生活吧。你还得尽量理解我要对你说的话，还得忍受我的凌辱和怒火。你听着，舍雷亚，这个书板是唯一的证据。

舍雷亚　我告便，卡伊乌斯。这套装神弄鬼的把戏我看腻了；这套东西我太熟悉了，因此不想再看了。

卡利古拉　（声调依然冲动而关切地）再留一下。这是唯一的证据，对吧？

舍雷亚　我并不以为，你杀人还需要什么证据。

卡利古拉　不错。但是，我要破一回例，来个自相矛盾。这不妨碍任何人。不时地自相矛盾一下，这可大有好处，可以养养神。我需要休息，舍雷亚。

舍雷亚　我不懂，对这种复杂的感情，我也没什么兴趣。

卡利古拉　当然了，舍雷亚。你嘛，是个健全的人，你不追求任何特殊的东西！（放声大笑）你想要生活和幸福。仅仅这些！

舍雷亚　我看，谈话最好到此为止。

卡利古拉　再谈谈，耐心点儿好吗？瞧，这个证据在我手中。我打算这样：没有这个证据，我就不能处决你。这就是我的想法，也是我的休息。喂！瞧瞧，证据到了皇帝手中会怎么样。

〔他把书板举向烛火。舍雷亚走上前，二人在蜡烛两侧。书板开始焚化。

卡利古拉　　瞧吧，谋反者！它焚化了，随着这件证物的消
　　　　　　失，清白的晨曦便升上你的面颊。舍雷亚，你
　　　　　　纯洁的额头多令人景仰。一个清白的人，多美
　　　　　　呀，多美呀！赞扬我的威力吧。即使神仙降
　　　　　　世，不经过惩罚，他也不能还给人一个清白。
　　　　　　而你的皇上，只需一点儿烛火，就能宽恕你，
　　　　　　就能鼓起你的勇气。继续干吧，舍雷亚，把你
　　　　　　这番妙论演绎到底。你的皇上等待安息，这是
　　　　　　他独有的生活与幸福的方式。

〔舍雷亚愕然地注视卡利古拉。他微微动了一下，似
　乎有所领悟，张了张嘴，又突然下场。卡利古拉一直
　把书板举在烛火上，笑吟吟地目送舍雷亚。

　　　　　　　　　　　　　　　　　　　　——幕落

第四幕

第一场

〔舞台光线昏暗。舍雷亚和西皮翁上。舍雷亚朝右侧走去，接着又走向左侧，回到西皮翁身边。

西皮翁 （沉思地）找我有什么事？

舍雷亚 时间紧迫。我们要干，就必须坚定。

西皮翁 你怎么就知道我不坚定呢？

舍雷亚 昨天我们聚会，你就没有来参加。

西皮翁 （扭过头去）这倒是，舍雷亚。

舍雷亚 西皮翁，我比你年长，也没有向人求援的习惯。然而，我的确需要你。这次谋杀，要有令人尊敬的担保人。而在我们这些人当中，唯独你我的动机是纯洁的，其他人不是因为伤了虚荣心，就是由于吓破了胆。我知道，你即使抛弃我们，也绝不会出卖一点儿情况。可是，这已经无所谓了，我只是渴望你继续同我们在一起。

西皮翁 我理解你，但是我得明确告诉你，这事儿办不到。

舍雷亚　难道你站到他那一边啦？

西皮翁　不是，然而我却不能反对他了。（停顿，然后低沉
　　　　地）我若是杀掉他，至少我的心会站到他那一边。

舍雷亚　他可是杀害了你父亲哪！

西皮翁　是啊，一切以此为开端，一切又以此为终结。

舍雷亚　凡是你承认的，他就否认；凡是你敬重的，他就
　　　　嘲弄。

西皮翁　的确如此，舍雷亚。不过，我身上有同他类似的
　　　　东西，我们心中也燃烧着同样的火焰。

舍雷亚　有些时候，必须做出抉择。我呀，我就压下自身
　　　　可能与他相似的东西。

西皮翁　我无法选择，因为除了我所忍受的痛苦之外，我
　　　　还因他的痛苦而痛苦。我的不幸在于完全理
　　　　解了。

舍雷亚　这么说，你认定他有道理了。

西皮翁　（高叫一声）噢！求求你别这样讲，舍雷亚。在我
　　　　看来，任何人，任何人也永远不会再有道理了！

　　〔停顿片刻。二人对视。

舍雷亚　（走向西皮翁，激动地）你恐怕不知道，我更加仇
　　　　恨他的一点，就是他把你变成这个样子。

西皮翁　对，他教会我要求一切。

舍雷亚　不对，西皮翁，他使你陷入绝望，让一颗年轻的
　　　　心灵丧失希望，这就是犯罪。而这桩罪过，比他

迄今犯下的所有罪过都要严重。我向你发誓，单凭这一条罪状，我也非宰了他不可。

〔舍雷亚朝门口走去。埃利孔上。

第二场

埃利孔　刚才我找你来着，舍雷亚。卡利古拉要在这里组织一次小型友好聚会，你得恭候他。（转身对西皮翁）不过，我的鸽子，这里用不着你，你可以走了。

西皮翁　（要出去时，又转身对舍雷亚）舍雷亚！

舍雷亚　（非常温和地）西皮翁。

西皮翁　要尽量领会呀！

舍雷亚　（非常温和地）不，西皮翁。

〔西皮翁和埃利孔下。

第三场

〔后台传来武器撞击声。两名卫士押着老贵族和贵族甲从台右侧上。两个贵族吓得魂不附体。

贵族甲　（竭力保持坚定的声调，对卫士）深更半夜的，找我们到底干什么吗？

卫士　（指了指右侧的座位）坐到那儿。

贵族甲　如果要像处死别人那样处死我们，那就用不着搞
　　　　这么多花样。

卫士　坐那儿去吧，老驴。

老贵族　咱们坐下吧。这个人什么也不知道，这是显而易
　　　　见的。

卫士　对，我的美人儿，这是显而易见的。

　　　〔卫士下。

贵族甲　当初我就知道，应当赶快下手。现在可好，咱们
　　　　就等着受刑吧。

第四场

舍雷亚　（坐下，镇定地）出什么事啦？

贵族甲和老贵族　（齐声）密谋败露了。

舍雷亚　怎么样呢？

老贵族　（抖成一团）要受酷刑啊。

舍雷亚　（毫不动容）我记得一名奴隶偷了东西，受刑也没
　　　　有逼问出来，卡利古拉就赏给他八万一千小银币。

贵族甲　我们算是有的便宜吃了。

舍雷亚　话不能这么讲。可是，这证明他喜欢勇气，这一
　　　　点，你们不可小视。（对老贵族）你的牙齿不这
　　　　样打战就不行吗？这种声响我讨厌极了。

老贵族　这是……

贵族甲　别装模作样了，咱们这是玩命呢！

舍雷亚　（不假思索地）卡利古拉有句口头禅，你们知道吗？

老贵族　（眼泪汪汪地）知道。他总是对刽子手说："慢慢杀他，让他品尝死的滋味。"

舍雷亚　不对，还有一句更妙的。他看完一次处决，就打着哈欠，严肃地说："我最赞赏的，就是我的冷漠态度。"

贵族甲　你们听见了吗？

〔武器的声响。

舍雷亚　这句话暴露了他是个软弱的人。

老贵族　你不高谈阔论就不行吗？我听着讨厌。

〔一名奴隶上，他抱着几件兵器，排在远台的一张椅子上。

舍雷亚　（没有看见那名奴隶）起码要承认，这个人有不容置疑的影响。他迫使人思考，迫使所有人思考，把人置于朝不保夕的处境，这就发人深省。因此，他激起那么多人的仇恨。

老贵族　（浑身颤抖）看哪。

舍雷亚　（看见兵器，声调有点变）刚才你说的也许对。

贵族甲　本来就应该快下手，我们等得太久了。

舍雷亚　对。这是个教训，想汲取却迟了点儿。

老贵族　好没道理。我不愿意死。

〔老贵族站起身，企图逃跑。两名卫士上，扇了他耳
光，将他按住。贵族甲吓得在椅子上缩成一团。舍雷
亚咕哝了几句，但是听不清。突然，后台响板和钹声
大作，音乐非常奇特，跳跃而刺耳。三位贵族默默地
瞧着。卡利古拉身穿舞女的短裙，头插鲜花，像演中
国皮影戏似的出现在屏幕上，表演了几个滑稽的舞蹈
动作，随即消失了。继而，一名卫士庄严地宣布：
"演出结束。"与此同时，卡索尼娅悄悄上场，走到几
个看客的身后，她以平淡的声调讲话，仍不免吓了他
们一跳。

第五场

卡索尼娅　卡利古拉派我来告诉你们，他召你们到这里来，
　　　　　总是商议国是，而今天邀请你们来，却是要同
　　　　　他交流一下艺术感受。（停顿，接着，声调依然
　　　　　平淡地）他还补充一点儿：谈不出来感受的人
　　　　　就要砍头。

〔三人沉默不语。

卡索尼娅　请原谅我强调这一点。我必须问一问：你们觉
　　　　　得这个舞蹈优美不优美？

贵族甲　（犹豫一下）优美，卡索尼娅。

老贵族　（不胜感激地）嗯！对，卡索尼娅。

卡索尼娅　你看呢，舍雷亚？

舍雷亚　（冷淡地）这是伟大的艺术。

卡索尼娅　很好，我这就可去回复卡利古拉了。

第六场

〔埃利孔上。

埃利孔　你说说，舍雷亚，真的是伟大的艺术吗？

舍雷亚　在一定意义上，是这样。

埃利孔　我明白。你很有本事，舍雷亚，像正人君子一样
　　　　虚伪，但确实有本事。我嘛，本事不大，然而，
　　　　我绝不会让你碰卡利古拉一根毫毛，即使那是他
　　　　本人的愿望。

舍雷亚　你这种话叫我摸不着头脑。不过，你这样忠心耿
　　　　耿，可喜可贺。我喜欢好奴仆。

埃利孔　你实在太得意了，嗯？对，我侍奉一个疯子。可
　　　　是你呢，侍奉谁？侍奉美德吗？让我给你抖一抖
　　　　老底吧。美德的乐曲，君子，我早先是在皮鞭子
　　　　下跳舞来着。卡伊乌斯，他没有对我夸夸其谈，
　　　　而是解放了我，把我收在皇宫里。就这样，我有
　　　　了机会观察你们，观察你们这些正人君子。我看

到你们一个个蓬头垢面，俗不可耐，有一股从未经历过艰险、受过苦难的人的乏味。我看到你们金玉其外，败絮其中，一脸贪婪相，一双虚设的手。就你们，还要审判别人？你们开设美德商店，梦想平安无事，就像少女憧憬爱情那样；可是，你们即将在恐怖中死去，临死还不知道自己一生都在说谎。就你们这号人，还妄图审判那个忍受痛苦而不计较、每天都有上千个伤口流血的人吗？放心吧，你们先得除掉我！藐视奴隶吧，舍雷亚！这个奴隶在你的品德之上，因为他还能爱他的濒于绝境的主人，保护他的主人，对付你们的高尚谎言、你们口是心非的话……

舍雷亚 亲爱的埃利孔，你显示了口才。坦率地讲，你从前的情趣倒还高雅些。

埃利孔 实在遗憾。这就是同你们接触过多的缘故。老夫老妻终生厮守，到头来长相就一样了，连耳毛的数目都相等。不过，我会变回去的，请放宽心，我会变回去的。只奉告一点……瞧，你看到这张脸了吧？好，仔细看看。很好。现在，你算看到了你的仇敌。

〔埃利孔下。

第七场

舍雷亚　现在，应当赶快下手。你们俩留在这里。今天晚上，我们要有一百人。

〔舍雷亚下。

老贵族　留在这里，留在这里！我还想走呢。（嗅嗅）这里有一股死尸味儿。

贵族甲　或者说是谎言的味儿。（悲伤地）我说了那个舞蹈优美。

老贵族　（劝解地）从一定意义上讲是优美的，它就是优美的。

〔好几名贵族与骑士一阵风似的上场。

第八场

贵族乙　出了什么事？你们知道吗，皇上召我们来？

老贵族　（心不在焉地）也许是看舞蹈吧。

贵族乙　什么舞蹈？

老贵族　嗯，就是艺术感受呗。

贵族丙　有人告诉我，卡利古拉病得很重。

贵族甲　他是病得很重。

贵族丙　什么病？（兴高采烈地）诸神保佑，他要死了吗？

贵族甲　我可不这样看。他的病死不了，别人的命可难保。

老贵族　恕我们直言。

贵族乙　我明白你的意思，真的。他就没有轻一点儿的、对我们有利的病吗？

贵族甲　没有。这种病症容不得别的病竞争。失陪了，我要去找舍雷亚。

　　〔贵族甲下。卡索尼娅上。冷场片刻。

第九场

卡索尼娅　（一副无所谓的神态）卡利古拉胃疼，他吐了血。

　　〔众贵族忽地围拢上来。

贵族乙　啊！万灵的神哪，我许愿：如果他能康复，我就向国库捐赠二十万银币。

贵族丙　（夸张地）朱庇特[1]呀，让我做他的替身吧！

　　〔卡利古拉上场已有半晌，在一旁听贵族们许愿。

卡利古拉　（走向贵族乙）我接受你的捐赠，卡西乌斯，谢谢你。我的财政大臣明天就到贵府上去。（走向贵族丙，拥抱他）你想象不出我是多么感动。（停顿，亲切地）这么说，你爱我喽？

贵族丙　（慨然地）哦！陛下，为了你，什么我都可以奉献。

---

[1]　罗马神话中的大天神。

卡利古拉　（再次拥抱他）嗳！你许的愿也太大了，卡西乌
　　　　　斯，我不配这样深厚的爱。（卡西乌斯做了个谦
　　　　　让的手势）不，不，跟你说，我受之有愧。（叫
　　　　　来两名卫士）把他带走。（对卡西乌斯，和蔼
　　　　　地）去吧，朋友，要记住，卡利古拉把心给
　　　　　你了。

贵族丙　（颇感不安）可是，要把我带到哪儿去呀？

卡利古拉　还用问，去死啊！你许了性命，当了我的替身。
　　　　　我呢，现在感觉好多了，嘴里甚至没有血腥味
　　　　　儿了，你治好了我的病。卡西乌斯，能把生命
　　　　　献给另外一个人，而这个人又叫卡利古拉，你
　　　　　感到幸运吗？现在，我又精力充沛，能参加所
　　　　　有欢宴了。

　　　〔卫士拖着贵族丙。贵族丙拼命挣扎号叫。

贵族丙　我不干，这不过是开玩笑呀！

卡利古拉　（沉思地，在贵族丙的号叫声中）大海的道路，
　　　　　即将铺满含羞草。女人将穿上罗纱裙。辽阔的
　　　　　天空将明澈碧透，卡西乌斯！那是生活的
　　　　　微笑！

　　　〔卡西乌斯到了门口时，卡索尼娅轻轻地推他一把。

卡利古拉　（转过身去，突然严肃地）生命，我的朋友，你
　　　　　对生命要是有足够的爱，就不会把它当成
　　　　　儿戏。

〔卫士将卡西乌斯拖下。

卡利古拉 （回到桌子旁边）赌输了就得付出。（停顿）过来，卡索尼娅。（转向其他人）对了，我有个好主意，要征得你们的赞赏。我登基至今，天下实在太清平了，既没有发生蔓延全国的瘟疫，也没有宗教的残杀，甚至连一次政变都没有，总之，没有发生任何使你们作古的事件。正因为如此，我想稍微弥补一下谨慎的命运。我的意思是……不知道你们明白了没有。（微微一笑）说穿了，就是由我来代替瘟疫。（改变声调）不许讲话。舍雷亚来了。瞧你的了，卡索尼娅。

〔卡利古拉下。舍雷亚和贵族甲上。

第十场

〔卡索尼娅急忙朝舍雷亚迎上去。

卡索尼娅 卡利古拉驾崩了。

〔她扭过头去，仿佛在哭泣，眼睛却盯着其他人。他们都沉默不语，表情愕然，但是原因各异。

贵族甲 你……你这个噩耗，确实吗？不可能啊，刚才他还跳舞来着。

卡索尼娅　　恰恰是这个缘故，这一劳累就要了他的命。

　　　　　〔舍雷亚快步从一个人走向另一个人，又回身朝卡索尼娅走过来。众人沉默不语。

卡索尼娅　　（声调缓慢地）你一句话也不讲，舍雷亚？

舍雷亚　　　（同样缓慢地）这是天大的不幸，卡索尼娅。

　　　　　〔卡利古拉突然上场，走向舍雷亚。

卡利古拉　　演得好，舍雷亚。（原地转了一圈儿。扫视其他人，生气地）算啦！这事弄砸了。（对卡索尼娅）别忘了我对你讲的话。

　　　　　〔卡利古拉下。

第十一场

　　　　　〔卡索尼娅默默地目送卡利古拉下。

老贵族　　　（始终抱有希望）他会生病吗，卡索尼娅？

卡索尼娅　　（仇恨地注视他）不会的，我的美人儿。然而，这个人夜里只睡两个钟头，余下的时间躺不住，就在他宫殿的走廊里游荡，这是你所不知道的。从半夜到太阳重新升起，在这死寂的几个时辰里，这个人究竟在考虑什么，这是你所不知道的，也是你从来没有想过的。生病？不，他没有病，除非你给他心灵上的累累溃疡起个名称，发明出药物。

舍雷亚 （仿佛受了感动）你说得对，卡索尼娅。我们不是
不知道卡伊乌斯……

卡索尼娅 （话语更快地）对，你们不是不知道。但是，同
一切毫无心肝的人一样，你们容不得心肠太好
的人。心肠太好！这就妨碍你们了，对不对？
于是，你们就说这是一种病：迂腐的人便有了
理，得意扬扬了。（改换口气）舍雷亚，难道你
懂得爱吗？

舍雷亚 我们都上了年纪，卡索尼娅，因此学不会了。况
且，卡利古拉也不见得给我们时间。

卡索尼娅 （平静下来）这倒是。（坐下）我差点儿把卡利
古拉吩咐的事给忘了。要知道，今天是艺术日。

老贵族 是根据历书吗？

卡索尼娅 不，是卡利古拉的意思。他召集了几名诗人，
由他命题即席赋诗。他希望你们中间的诗人要
专程助兴，还特地指定年轻的西皮翁和梅泰卢
斯参加。

梅泰卢斯 可是，我们毫无准备。

卡索尼娅 （仿佛没有听见，语调平淡地）自然要有奖赏
了，也有惩罚。（众人退缩半步）我可以把底
儿交给你们，惩罚不太重。

〔卡利古拉上，他的表情越发阴沉。

第十二场

卡利古拉　全准备好了？

卡索尼娅　全好了。（对一名卫士）传诗人进来。

　　〔十二名诗人一对一对齐步上场，走到舞台右侧。

卡利古拉　还有呢？

卡索尼娅　西皮翁和梅泰卢斯！

　　〔二人加入诗人行列。卡利古拉、卡索尼娅和众贵族
　　在舞台左侧入座。冷场片刻。

卡利古拉　命题：死亡。限时：一分钟。

　　〔诗人都在书板上疾书。

老贵族　谁裁决？

卡利古拉　我。这还不够吗？

老贵族　哦！够了，足够了。

舍雷亚　你也参加赛诗吗，卡伊乌斯？

卡利古拉　没必要，以此为题的文章，我早就作成了。

老贵族　（谄媚地）可以拜读吗？

卡利古拉　我天天以自己的方式朗诵。

　　〔卡索尼娅惴惴不安地注视着卡利古拉。

卡利古拉　（粗暴地）你讨厌我的脸吗？

卡索尼娅　（轻声地）请你原谅。

卡利古拉　哦！求求你了，别这样屈从，千万别这样屈从。

　　　你呀，本来就叫我于心不忍，别再这样屈从！

　　〔卡索尼娅又逐渐振作起来。

卡利古拉　（对舍雷亚）我接着说。这是我唯一的作品，不
　　　　　过它足以证明，罗马有史以来，我是唯一的艺
　　　　　术家，明白吧，舍雷亚，唯一做到思想和行为
　　　　　一致的艺术家。

舍雷亚　这仅仅是个权力的问题。

卡利古拉　确实如此。别人创作，是由于手中无权。而
　　　　　我呢，用不着写东西：我生活。（粗暴地）喂，
　　　　　你们这些人，作好了吗？

梅泰卢斯　我想作好了。

众诗人　作好了。

卡利古拉　那好，听清楚了，你们一个一个出列。我吹一
　　　　　声哨子，第一个人就开始念，再听到哨声，就
　　　　　必须停止，而第二个人开始，以此类推。优胜
　　　　　者，自然是吟的诗没有被哨声打断的人。准
　　　　　备。（头扭向舍雷亚，机密地）任何事物，甚
　　　　　至包括艺术，都必须有组织地进行。

　　〔一声哨响。

第一名诗人　死亡，当它从漆黑的岸边……

　　〔哨声。第一名诗人走到台左侧。其他诗人照例，场
　　　面机械地进行。

第二名诗人　帕尔卡三女神①在洞中……

〔哨声。

第三名诗人　我呼唤你，死亡啊……

〔哨声大作。第四名诗人走上前，摆出朗诵的姿势，
尚未开口，便响起哨声。

第五名诗人　当我还在童年的时候……

卡利古拉　（吼叫）算啦！一个蠢货的童年，同这个题目有
什么关系？关系何在，你能告诉我吗？

第五名诗人　可是，卡伊乌斯，我还没念完呢……

〔刺耳的哨声。

第六名诗人　（走上前，清清嗓子）无情的死亡，漫步在……

〔哨声。

第七名诗人　（神秘兮兮地）晦涩而冗长的诔词……

〔一连串哨声。西皮翁上前，他手中没有诗稿。

卡利古拉　该你了，西皮翁，你没有书板？

西皮翁　我不需要。

卡利古拉　好吧。

〔嘴叼着哨子嚅动。

西皮翁　（逼近卡利古拉，但没有看他，声调带几分倦怠）

追求造就纯洁之人的那种幸福，

天空高悬着光芒四射的太阳，

---

① 罗马神话中掌管生、死、命运的三女神。

唯一的野蛮庆宴，我无望的妄想！……

卡利古拉 （轻声地）停下吧，好吗？（对西皮翁）你还太
　　　　　年轻，理解不了死亡的真正教训。

西皮翁 （凝视卡利古拉）我这么年轻，不该丧失父亲。

卡利古拉 （猛然掉过头去）好了，你们这些人，排好队。
　　　　　碰到个冒牌诗人，太叫我扫兴了。我本来一直
　　　　　考虑，想把你们当作盟友留在身边，有时我甚
　　　　　至想象，你们将组成保卫我的最后一个方阵。
　　　　　然而，这种希望化为泡影。因此，我要把你们
　　　　　抛到我的敌人的营垒中去。诗人也反对我，我
　　　　　就可以说该收场了。排好队列出去，你们要从
　　　　　我面前经过，用舌头舔自己的诗稿，抹掉你们
　　　　　的耻辱痕迹。注意！齐步——走！

　　〔有节奏的哨声。诗人一边舔着不朽的诗篇，一边齐
　　　步从台右侧下。

卡利古拉 （声音极低地）全给我出去。

　　〔舍雷亚走到门口，一把抓住贵族甲的肩膀。

舍雷亚 时机到了。

　　〔青年西皮翁听见舍雷亚的话，走到门口犹豫一下，
　　　又回身走向卡利古拉。

卡利古拉 （恶狠狠地）你就不能像你父亲现在这样儿，让
　　　　　我清静点儿吗？

第十三场

西皮翁　算了，卡伊乌斯，这一套不顶事，我已经知道你
　　　　做出了选择。

卡利古拉　走开。

西皮翁　我是要走开的，因为我觉得理解你了。我同你十
　　　　分相像，无论是对你还是对我，再也无路可走
　　　　了。我要动身到遥远的地方，寻求这一切的道
　　　　理。（停顿。看着卡利古拉，加重语气）别了，
　　　　亲爱的卡利古拉。等到一切完结的时候，不要忘
　　　　记我爱过你。

　　〔西皮翁下。卡利古拉日送他出去，要招招手，可是
　　　　身子剧烈地晃了晃，他又回到卡索尼娅身边。

卡索尼娅　他说什么啦？

卡利古拉　他的话超出你的理解力。

卡索尼娅　你想什么呢？

卡利古拉　想他，也想你。不过，这是一码事儿。

卡索尼娅　有什么好想的？

卡利古拉　西皮翁走了，我同友谊完结了。可是你呢，我
　　　　心里不禁发问，你为什么还在这儿……

卡索尼娅　因为你喜欢我。

卡利古拉　不对。假如我让人杀掉你，我想我会明白的。

卡索尼娅　那倒是个办法。你就那么干吧。可是话又说回来，你就不能尽情地生活吗？即使一分钟也好哇！

卡利古拉　我练习自由地生活，算起来已经有几个年头儿了。

卡索尼娅　我指的不是你那样，好好理解我的意思。怀着一颗纯洁的心生活和爱，那该多么美好！

卡利古拉　要达到自己的纯洁，各有各的办法。我的办法，就是在主要的问题上锲而不舍。尽管如此，我也难免要让人杀掉你。（笑）那我的生涯就会圆满结束了。

　　〔卡利古拉站起来，旋转镜子。接着，他双臂垂下，几乎没有动作，像一只野兽似的转圈儿走。

卡利古拉　真奇怪，我不杀人的时候，便觉得孤单。活人填不满这世界，也驱散不掉烦闷。当你们大家在这儿的时候，我反而觉得无限的虚空，目不忍睹。只有置身于那些死者当中，我才觉得好受。（他面对观众伫立，身子略微前倾，把卡索尼娅置于脑后）那些死者才是真实的。他们同我一样。他们等候我，催促我去呢。（摇头）我同曾经哭喊着求我饶命并由我命令割掉舌头的人往往谈得非常投机。

卡索尼娅　过来，躺在我的身边，把头枕在我的双膝上。（卡利古拉依言而行）这样你就好受了。现在

　　　　　　万籁俱寂。

卡利古拉　　万籁俱寂！你夸张了。你没有听见兵器的撞击

　　　　　　声吗？（传来武器的撞击声）你没有捕捉细微

　　　　　　的喧闹声吗？那表明仇恨在伺机而动！

　　〔传来嘈杂声响。

卡索尼娅　　谁也不敢……

卡利古拉　　不对，愚蠢就敢。

卡索尼娅　　愚蠢不会鼓励凶杀，只能让人安分守己。

卡利古拉　　愚蠢能置人死命，卡索尼娅。愚蠢以为受了冒

　　　　　　犯的时候，就会要人性命。哼！将来刺杀我的

　　　　　　人，绝不会是被我杀掉儿子或父亲的那些人。

　　　　　　他们领悟了，同我站到了一起；他们嘴里的味

　　　　　　道和我嘴里的相同，叮是其他人，那些被我嘲

　　　　　　笑戏弄的人，他们的虚荣心却是我抵挡不

　　　　　　住的。

卡索尼娅　　（激昂地）我们来保卫你，我们爱你的人还很多。

卡利古拉　　他们的人数越来越少了，为此该做的我全做了。

　　　　　　还有，说句公道话，我不仅有股反对自身的蛮

　　　　　　劲儿，而且还有追求幸福的人的那种忠诚和

　　　　　　勇气。

卡索尼娅　　（同上）不，他们杀害不了你。他们若是胆敢如

　　　　　　此，苍天有眼，他们一定还未等碰一碰你就得

　　　　　　完蛋。

卡利古拉　苍天！根本就没有苍天，可怜的女人。（坐下）
　　　　　咦，为什么突然情意缠绵起来了，咱俩通常不
　　　　　是这样啊。

卡索尼娅　（站起来，踱步）看到你杀害别人，难道不足以
　　　　　明白你将被杀吗？当我接待你时，看见你冷酷
　　　　　无情，又心痛欲裂；当你压在我身上时，闻到
　　　　　你的凶杀气味，难道我不足以明白这一点吗？
　　　　　我每天都发现，你身上人的形象都死去一部分。
　　　　　（回身朝他走去）我知道我年纪老了，容貌要变
　　　　　丑了。但是，由于替你担心，我现在心情发生
　　　　　了变化，倒不在乎你爱不爱我，只盼望看见你
　　　　　治好了病，你还是个孩子嘛。你面前还有一世
　　　　　的生活呀！你还追求什么呢？难道那比一生一
　　　　　世还重要吗？

卡利古拉　（站起身，注视她）你在这里待的时间够久的了。

卡索尼娅　是的。不过，你还要把我留在身边，对不对？

卡利古拉　不清楚，我仅仅知道你为什么在这里，只因你
　　　　　和我共度了那些寻欢作乐但并无欢乐的夜晚，
　　　　　只因你对我有一些了解。

　　　〔他伸出双臂搂住她，用手将她的头微微扳向后。

卡利古拉　我二十九岁，年龄不大。但是我觉得所走过的
　　　　　生活道路实在漫长，满布尸体，总之到了穷途
　　　　　末路，此刻只剩下你这最后一个见证人了。对

你这半老徐娘，我不禁有一股羞愧的柔情。

卡索尼娅　　跟我说，你愿意把我留在身边吗？

卡利古拉　　不清楚，我仅仅意识到，这种羞愧的柔情，是
　　　　　　生活至今给我的唯一纯洁的感情，而这也是最
　　　　　　可怕的。

　　〔卡索尼娅摆脱他的双臂。卡利古拉跟上去。卡索尼
　　　娅后背偎着他，又被他搂住了。

卡利古拉　　最后一个见证人也消失了，不是更好吗？

卡索尼娅　　这没什么关系，听了你对我讲的话，我非常高
　　　　　　兴。可是这种幸福，为什么我就不能和你共
　　　　　　享呢？

卡利古拉　　你怎么知道我不幸福呢？

卡索尼娅　　幸福是慷慨的，不是靠毁灭为生的。

卡利古拉　　其实有两类幸福，我选择了杀戮者的幸福。要
　　　　　　知道，我是幸福的。有一段时间，我以为达到
　　　　　　了痛快的极限。其实不然！还可以走得更远。
　　　　　　在这痛苦区域的尽头，则是贫瘠而美好的幸
　　　　　　福。（卡索尼娅扭头面向他）这几年，全体罗
　　　　　　马人都忌讳提德鲁西娅的名字，一想到这一
　　　　　　点，卡索尼娅，我就哑然失笑。因为这几年，
　　　　　　全罗马都误解了。爱情并不能令我满足，当时
　　　　　　我悟出的就是这个道理。爱一个人，就要同这
　　　　　　个人白头偕老，这种爱情我无法接受。德鲁西

娅变成老太婆，还不如趁早死掉。别人总以为：一个人那么痛苦，是因为他所爱的人一日之间逝去了。其实，他痛苦的价值要高些：那就是发现悲伤也不能持久，甚至痛苦也丧失了意义。

你瞧，我是没有托词的，连一点点儿爱情、一丝忧郁的辛酸这样的借口都没有。今天，我比前几年更自由了，我摆脱了记忆和幻想。（亢奋地笑起来）我知道什么也不会长久！领悟这个道理！纵览历史，真正得到这种验证，实现这个荒唐的幸福者，只有我们三两人而已。卡索尼娅，这出引人入胜的悲剧，你一直观看到终场。对你来说，幕布该落下了。

〔他又来到卡索尼娅的身后，用小臂勒住她的喉咙。

卡索尼娅　（恐惧地）这种令人恐怖的自由，难道就算是幸福吗？

卡利古拉　（用小臂渐渐卡紧卡索尼娅的喉咙）不必怀疑，卡索尼娅。没有这种自由，我本来会成为心满意足的人。多亏这种自由，我赢得了孤独者的非凡洞察力。（他越来越亢奋，逐渐卡紧卡索尼娅的喉咙。她任其所为，并不反抗，双手略微往上抬。他附在耳边对她说）我生活，我杀戮，我行使毁灭者的无限权力。比起这种权力

来，造物主的权力就像耍猴戏。所谓幸福，就
是这样。这种不堪忍受的解说；这种目空一
切、鲜血、我周围的仇恨；这种盯住自己一生
的人绝无仅有的孤独；这种不受惩罚的凶手的
无穷乐趣；这种把人的生命碾成齑粉的无情逻
辑，这就是幸福。（笑）卡索尼娅，这种逻辑
也要把你碾碎。这样一来，我渴望的永世孤独
就会最终完善了。

卡索尼娅　（无力地挣扎）卡伊乌斯！

卡利古拉　（越来越亢奋）不，别来儿女情长那一套。该结
束了，时间紧迫，时间非常紧迫，卡索尼娅！

〔卡索尼娅在捯气儿。卡利古拉把她拖到一张床上。

卡利古拉　（神态失常地凝视她，声音沙哑地）你也一样，
当初是有罪的。但是，屠杀不是办法。

第十四场

〔卡利古拉神色惊慌，原地转了一圈儿，然后朝镜子
走去。

卡利古拉　卡利古拉！你也一样，你也一样，你有罪呀。
其实，罪过只是轻点儿重点儿罢了！然而，这
个世上没有法官，也没有清白无辜的人，谁敢

判我的罪呀！（紧贴着镜子，以极其悲痛的声调）你看得很清楚，埃利孔没有返回，我得不到月亮了。可是，自己本来有道理，又不得不走到末日，这多叫人辛酸哪！我确实害怕末日。兵器撞击的声音，那是无辜的人在准备取胜。我多么希望处于他们的地位呀！我怕。原先鄙视别人，现在却感到，自己的心灵也同样怯懦，这多叫人厌恶哇！不过，这也没什么，恐惧同样不会持久，我又会进入那巨大的空虚，这颗心将得到安息。

〔他退后两步，又走到镜子前，神情显得平静了一些。他继续独白，但声音低沉而压抑。

卡利古拉　　一切都看似那么复杂，其实又那么简单。如果我得到月亮，如果有爱情就足够了，那么就会全部改观了。可是，到哪儿能止住这如焚的口渴？对我来说，哪个人的心，哪路神仙能有一湖水的深度呢？（跪下，哭泣）无论是在这个世界还是在另外一个世界，没有任何东西能与我等量齐观。其实，我明明知道，你也知道呀（哭着把双手伸向镜子），只要不可能的事情实现就成。不可能的事！我走遍天涯海角，还在我周身各处寻觅。我伸出过双手，（喊）现在又伸出双手，碰到的却是你，总是你在我的对面。我对你恨之入骨。我没有走应该走的路，结果一无所获。我的自由并不是好的。埃利孔！埃利孔！杳无音讯！还是杳无音讯。噢，今宵多么沉重！埃利孔不会回来：我们将永远有罪！今宵沉重得像人类的痛苦。

〔武器声和低语声从幕后传来。

埃利孔 （在远台出现）当心，卡伊乌斯！当心哪！

〔一只隐蔽的手用匕首刺中埃利孔。

〔卡利古拉站起来，操起一张矮凳，气喘吁吁地走到镜子前，对着镜子观察，模拟地向前一跳，朝着他在镜中同样动作的身影，把矮凳飞掷过去，同时喊叫：

卡利古拉 历史上见！卡利古拉，历史上见！

〔镜子破碎，与此同时，手持兵器的谋反者从四面八方拥入。卡利古拉对他们一阵狂笑。老贵族刺中他的后背，舍雷亚击中他的脸。卡利古拉由笑转为抽噎。众人一齐上手打击。卡利古拉笑着，掬着气儿，咽气时狂吼一声：

我还活着！

 ——剧终

误会

——献给队友剧团的朋友们

（三幕剧）

《误会》于1944年在马图兰剧院首次演出。

导演　马赛尔·埃朗

人物与扮演者

玛尔塔…………玛丽亚·卡萨雷斯

玛丽亚…………艾莱娜·维尔克尔

母　亲…………玛丽·卡尔夫

若　望…………马赛尔·埃朗

老仆人…………保罗·厄特利

本版本是1958年的文本。

第一幕

〔中午。旅店客厅，清洁明亮，一切都很整齐。

第一场

母　亲　他还会来。

玛尔塔　他跟你说了吗？

母　亲　对。在你出去之后说的。

玛尔塔　他单独一个人回来吗？

母　亲　不清楚。

玛尔塔　他有钱吗？

母　亲　他没有在乎住店的钱。

玛尔塔　他若是有钱就太好了。还得单独一个人。

母　亲　（疲倦地）单独一个人，还得有钱。对，那我们就
　　　　要重新开张。

玛尔塔　不错，是要重新开张。不白受累，我们会得到
　　　　报酬。

　　　　〔冷场。玛尔塔注视母亲。

　　　　妈，您样子好怪。这一阵子，我简直认不出您了。

母　亲　我累了，孩子，没别的事儿，只想休息休息。

玛尔塔　店里剩下来的活儿，可以全包在我身上。这样，您就能整天整天地休息了。

母　亲　我说的休息不完全是这个意思，不是的。我这是老太婆的梦想，只盼望安宁，放松一点儿。（微微一笑）说起来还真够糊涂的，有几天晚上，我差点儿产生出家的念头。

玛尔塔　您还不算老，妈，干什么不好，怎么会有那种念头？

母　亲　你心里明白，我这是开玩笑。还别说，人到了晚年，就很可能灰心丧气，不会像你这样，玛尔塔，一直绷得紧紧的，心肠跟铁石一般。你这种年龄的人也不该如此。我认识不少姑娘，和你同年生的，她们净想入非非。

玛尔塔　您也清楚，她们那样想入非非，同咱们一比就微不足道了。

母　亲　不谈这个了。

玛尔塔　现在，有些话好像烧您的嘴。

母　亲　这又有什么关系，面临行动我不退缩不就行了吗？随便说说怕什么！刚才我不过是想说，有时我希望看见你微笑。

玛尔塔　我向您保证，有这种时候。

母　亲　我可从来没有见到过。

玛尔塔　哦，我微笑是在自己的房间，是在我独自一人的时候。

母　亲　（注视女儿）你的脸多凶啊，玛尔塔！

玛尔塔　（靠近前，平静地）您不喜欢吗？

母　亲　（一直凝视她，沉默片刻）我想是喜欢的。

玛尔塔　（激动地）啊，妈妈，等咱们聚了很多钱，能够离开这片闭塞的土地；等咱们丢下这个旅店、这座阴雨连绵的城市，忘掉这个不见阳光的地方；等咱们终于面对我梦寐以求的大海，到了那一天，您就会看见我微笑了。可是，要有很多钱，才能在大海边自由自在地生活。正是为了这个目的，就不应当怕讲那些话。正是为了这个目的，必须好好照顾要来的那个人。如果他相当富有，我的自由也许就随之开始了。妈，他同您谈了很久吗？

母　亲　没有，总共才说了两句话。

玛尔塔　他向您要客房的时候，是什么表情？

母　亲　不知道，我没看清，也没有仔细看他。凭经验我知道，最好不要看他们。杀掉不认识的人还容易下手些。（停顿）这回你高兴了吧，现在我不怕讲出来了。

玛尔塔　这就好。我不喜欢用暗语，犯罪就是犯罪，自己要干什么必须一清二楚。这一点，您刚才好像就知道，要不，您回答旅客时怎么就想到了。

母　亲　我并没有想到，而是照习惯回答的。

玛尔塔　习惯？可您知道，难得有几次机会呀！

母　亲　当然了。不过，第二次犯罪，习惯就开始形成。第一次，还一点儿事儿没有，完了就完了。再说，机会即使寥寥无几，却延展了许多年，而习惯通过记忆还加强了。对，正是习惯促使我回答，警告我不要看那个人，只是确信他有一张短命鬼的面孔。

玛尔塔　妈，应当杀掉他。

母　亲　（低声地）当然要杀掉他。

玛尔塔　您讲这话的声调好怪。

母　亲　我确实厌腻了，但愿无论如何，这个人是最后一个。杀人累得要命。将来死在海边，还是死在我们这平原上，我倒不大在意。不过我希望，这次一完事儿，我们就一起动身。

玛尔塔　我们动身，那真是重大的时刻。挺起身来吧，妈，用不着费多大手脚。您也完全清楚，甚至算不上动手杀人。他喝了茶，昏睡过去，我们就把他拖走，活活扔到河里。过很久才会有人发现他贴在水坝上，旁边还有别的尸体；而那些人还不如他的运气好，他们是睁着眼睛投河自杀的。参加清理水坝的那天，妈，您对我说过，生活比我们要残酷，遭罪最少的还是死在我们手里的人。挺起身来吧，您会得到休息的，我们最终将逃离此地。

母　亲　好，我这就挺起来。想到死在我们手里的人一点
　　　　儿罪没遭，我有时的确挺高兴。简直算不上犯
　　　　罪，只不过插一下手，朝陌生的人轻轻戳一指
　　　　头。看来，生活确实比我们残酷。也许正因为如
　　　　此，我才难有犯罪感。

　〔老仆人上，他默默无言，走到柜台后边坐下，直到
　　本场结束时才移动。

玛尔塔　给他安排哪间客房？

母　亲　随便哪间客房，只要是二楼就行。

玛尔塔　对，上次下两层楼，我们可费了大劲了。（第一次
　　　　坐下）妈，听说那边海滩的沙子都烫脚，是真
　　　　的吗？

母　亲　我也没去过，这你是知道的。不过我听说，太阳
　　　　能吞掉一切。

玛尔塔　我看过一本书，说是太阳甚至把灵魂都吃掉了，
　　　　只剩下闪闪发亮的躯壳，里面却掏空了。

母　亲　引起你梦想的就是这个吗，玛尔塔？

玛尔塔　对，总是怀着这颗灵魂，我已经受够了，要赶快
　　　　前往太阳能抹杀问题的地方。这里不是我的安身
　　　　之地。

母　亲　走之前呢，唉！还有很多事儿要做。如果一切顺
　　　　利，我当然同你一道走。可是我呀，不会感到是
　　　　去安身之地。人到了老年，在什么地方都不可能

安歇。能造起这座简陋的砖楼房，里边充满了故物往事，自己在里面有时能睡着觉，这已经很不错了。不过，如果既能睡着觉，又能忘却，那当然也很好。

〔她站起身，朝房门走去。

全准备好了，玛尔塔。（停顿）如果真有这个必要的话。

〔玛尔塔目送母亲出门，她则从另一扇门出去。

第二场

〔老仆人走向窗口，望见若望和玛丽亚，便闪身躲开。有几秒钟的工夫，场上只有老仆人一人。若望进来，停住脚步，看了看客厅，瞧见窗后的老仆人。

若　望　没人吗？

〔老仆人望着他，穿过舞台走了。

第三场

〔玛丽亚上。若望猛地转身迎上去。

若　望　你跟来了。

玛丽亚　请原谅，我情不自禁哪。也许过一会儿我就走。
　　　　不过，总得让我看看，把你留在什么地方了。

若　望　会有人来的，那么，我的打算可就要落空了。

玛丽亚　起码碰碰运气，有人来了正好，我就可以不顾你
　　　　的反对，让人家认出你来。

　　〔若望转过身去。冷场。

玛丽亚　（环视周围）就是这里？

若　望　对，就是这里。二十年前，我走出这扇门。我妹
　　　　妹当时还很小，她就在这个角落里玩耍。我母亲
　　　　没有过来吻我，我也觉得吻不吻无所谓。

玛丽亚　若望，我难以想象，刚才她们没有认出你来。母
　　　　亲总能认出儿子的。

若　望　二十年没有见面了。当时，我还是个少年，差不
　　　　多是个小孩子。我母亲老了，眼神儿也不济了。
　　　　我都很难认出她来。

玛丽亚　（不耐烦地）我知道，你进了门，说了一声"你们
　　　　好"，就坐下了。你什么也不认得了。

若　望　我的记忆也不准确了。她们接待我时，一句话也
　　　　未讲，只端上来我要的啤酒。她们看着我，却视
　　　　而不见，一切都比我原来想的要困难。

玛丽亚　你完全明白这并不难，一说开了就行了。这还不
　　　　容易，你就说"是我"，一切就恢复正常了。

若　望　好，可是当时，我头脑里充满想象。我呀，本来

期望为浪子接风的家宴，她们却给我端上来要钱的啤酒。我内心很激动，很难开口。

玛丽亚　就是一句话的事儿。

若　望　这句话我却没有想好。也没什么，我并不是那么着急。我来到这里，带回财富，还可能带回幸福呢。我一听说父亲去世了，就明白我对她们母女二人负有责任。既然明白，就应当履行职责。不过我猜想，回到自己家来，并不像一般说的那么容易，要把一个陌生人认作儿子，还需要一点儿时间。

玛丽亚　那么，为什么事先不捎个信儿，说你要回来了呢？有些事儿就得随俗，大家怎么做就怎么做。要想让人家认出来，就报上名字，这是明摆着的道理。装成外人的样子，到头来就会把一切都搅乱的。你以陌生人的身份来见人家，怎么能不被人家看成陌生人呢？不行，不行，这些情况不吉利。

若　望　算了，玛丽亚，事情没那么严重。其实有什么，这恰好有助于我的打算。我趁此机会，从旁观察一下，更容易发现什么能使她们幸福。然后，我再想法儿让她们认下我。总之，想好词儿就成了。

玛丽亚　只有一个办法，换了任何人也都会这样做，你就说一句："我回来了。"就是让自己的心说话。

若　望　心并不那么简单。

玛丽亚　但是心只使用简单的词儿。这样讲并不很难："我是您儿子，这是我妻子。我同她生活在我们喜爱的地方，就在海边，那里充满阳光。然而我们还不够幸福，现在，我需要你们。"

若　望　说话要准确，玛丽亚，我并不需要她们，而是明白她们可能需要我，一个男子汉从来就不孤单。

　　〔冷场。玛丽亚扭过头去。

玛丽亚　对不起，也许你说得对。可是，自从进入这个国家，连一张幸福的面孔都见不到，我对什么都怀疑起来。这个欧洲多么凄凉。自从来到这儿之后，我就再也没有听见你的笑声；而我呢，也变得疑神疑鬼了。噢！为什么拉着我离开我的家乡呢？走吧，若望，我们在这里找不到幸福。

若　望　我们不是找幸福来的。幸福，我们有了。

玛丽亚　（激烈地）那为什么还不满足呢？

若　望　幸福并不是一切，人还有职责。我的职责就是找到我的母亲、我的祖国……

　　〔玛丽亚摆了摆手，若望制止了她。这时传来脚步声，老仆人从窗前走过。

若　望　有人来了。走吧，玛丽亚，求求你了！

玛丽亚　这样不成，不让人看见不可能。

若　望　（脚步声又靠近了）躲到那儿去。

　　〔他把玛丽亚推到远台的门后。

第四场

〔后门开了，老仆人穿过房间，从前门出去，他没有
瞧见玛丽亚。

若　望　现在，赶紧走吧。瞧见了，我是有运气的。

玛丽亚　我要留下，可以不说话，守在你身边，直到你被
认作家里人。

若　望　不行，你会泄露的。

　　　　〔玛丽亚转身走开，随即又回到他面前，面对面凝视他。

玛丽亚　若望，咱们结婚五年了。

若　望　就要满五年了。

玛丽亚　（低下头）今天晚上，是咱们第一次分开住。

　　　　〔若望沉默不语。玛丽亚再次凝视他。

　　　　我始终爱你身上的一切，甚至我不理解的方面。
我也十分明白，我内心并不希望你改变，可见我
不是个专爱唱反调的妻子。可是到这里，我害怕
你打发我走而空出来的这张床，也害怕你丢下我。

若　望　你不应当怀疑我的爱。

玛丽亚　嗳！我并不怀疑。然而，除了你的爱情，还有你
的梦想，或者你的职责，这是一码事儿。你的心
思经常离我而去，在那种时候，就好像你对我很

放心。而我呢，对你却放心不下，正是今天晚上，（哭着投入他的怀抱）正是今天晚上我受不了。

若　望　（紧紧搂住她）真是孩子气！

玛丽亚　这当然是孩子气了。要知道，咱们在那里太幸福了，而这地方的夜晚叫我恐惧，这也不能怪我。我不愿意你把我一个人丢在这里。

若　望　我不会把你丢下很久的。要明白，玛丽亚，我要遵守一个诺言。

玛丽亚　什么诺言？

若　望　就是我明白母亲需要我的那天许下的诺言。

玛丽亚　你还有一个诺言要信守。

若　望　哪一个？

玛丽亚　就是你答应同我一起生活的那天许下的。

若　望　我确信两者能协调一致。我向你提出的要求，不过是区区小事，还算不上胡闹。只是一个晚上，一夜工夫，我要尽量辨辨方向，进一步了解我所爱的人，并且领悟如何使她们幸福。

玛丽亚　（摇头）对真心相爱的人来说，离别总不是滋味。

若　望　野女人，你完全清楚我真心爱你。

玛丽亚　不，男人从来不懂得真心爱人，什么也不能让他们满足。他们就知道幻想啊，臆想出新的职责呀，寻觅新的地方、新的居所呀。而我们女人呢，我们懂得必须抓紧爱，必须同床共枕，许下终身就担心别离，爱的时候，根本不梦想任何别的东西。

若　望　你想到哪儿去啦？我不过是要找到母亲，帮助她，使她幸福。至于说我的幻想，或者我的职责，也只能听其自然。去掉这些，我这个人就微不足道了；如果我没有这些，你也就不会这么爱我了。

玛丽亚　（突然转身背对他）我知道你总是有道理的，并且能说服我。可是，我不听你的了，你一发出我熟悉的声音，我就堵上耳朵。那是你孤独的声音，而不是爱情之音。

若　望　（走到她身后）不说这些了，玛丽亚。希望你让我单独留在这里，我好能看得更清楚些。和自己的母亲睡在同一座房子里，这并不那么可怕，也不算什么了不得的事儿。事情的下文，自有上帝安排。而且上帝也知道，我做这一切的时候，不会忘记你。只不过，客居异乡，或者在忘却中生活，是不可能幸福的。不能总做异乡客，我要返回家园，让我所爱的人全得到幸福，我的目光也就这么远。

玛丽亚　你做这一切，完全可以使用简单明了的语言。真的，你的方式不好。

若　望　方式不错，因为通过这种方式我才能了解，我产生这些梦想究竟有没有道理。

玛丽亚　但愿结果是肯定的，但愿你有道理。可是我呢，

　　　　　除了咱们幸福生活过的地方，我没有别的梦想，除了你，我也没有别的职责。

若　望　（搂住她）让我来吧，最终我准能想出合适的话语，把事情全解决了。

玛丽亚　（忘情地）嗯！继续梦想吧。这有什么关系呢？反正我能保住你的爱！平常，我不同意你的时候，也没有不幸的感觉。我耐心等待，直到你遐想够了，把心收回来。如果说今天我感到伤心，这是因为我既坚信你的爱情，又确信你要把我打发走。正因为如此，男人的爱是一种痛苦，他们总是不由自主地离开自己所爱的人。

若　望　（捧起她的脸，微笑）这倒是真的，玛丽亚。可是怕什么，瞧我，也没有什么大危险。我是照自己的意愿去做，心里非常坦然。你把我托付给我母亲和妹妹，只一夜工夫，这没有什么可怕的。

玛丽亚　（离开他）那好，别了，让我的爱保护你吧。

　　　〔她朝门走去，到了门口又停下，向丈夫伸出双手。

玛丽亚　你瞧，我双手空空。你去寻觅，丢下我等待你。

　　　〔她还游移不定，最后终于走了。

第五场

　　　〔若望坐下。老仆人上，他拉住门，让玛尔塔进来，

　　　　然后出去。

若　望　您好！我来看客房。

玛尔塔　我知道，正准备呢。我得在旅客登记簿上给您登
　　　　个记。

　　　　〔她去取了旅客登记簿，转身回来。

若　望　你们的仆人真怪。

玛尔塔　我们这还是第一次听到人指责他。分内的事，他
　　　　总是干得一丝不苟。

若　望　嗳！我不是指责，只是说他跟一般人不同。他是
　　　　哑巴吗？

玛尔塔　不是。

若　望　他会说话呀？

玛尔塔　尽量少说，只讲最主要的。

若　望　不管怎么说，他好像没有听见别人对他讲的话。

玛尔塔　不能说他没有听见，他只是听不大清楚。我还要
　　　　问您的姓名呢。

若　望　哈塞克·卡尔。

玛尔塔　只是卡尔吗？

若　望　对。

玛尔塔　出生日期、籍贯？

若　望　三十八岁。

玛尔塔　您是在哪儿出生的？

若　望　（犹豫一下）波希米亚。

玛尔塔　职业?

若　望　没有职业。

玛尔塔　要么非常有钱,要么非常穷,才会没有职业。

若　望　(微笑)我不算太穷,而且,基于种种原因,我生活得也挺满意。

玛尔塔　(换种口气)想必您是捷克人吧?

若　望　当然。

玛尔塔　常住地址呢?

若　望　波希米亚。

玛尔塔　您是从那里来的?

若　望　不,是从非洲来。(玛尔塔似乎没听明白)来自大海彼岸。

玛尔塔　我明白。(停顿)您常去吗?

若　望　时常去。

玛尔塔　(沉思片刻,又继续问)您去哪儿?

若　望　不知道,这要取决于很多事情。

玛尔塔　您想在这里定居吗?

若　望　不知道,这要看我在这里能找到什么。

玛尔塔　没关系。这里没有人等待您吗?

若　望　没有,一般来说没人等我。

玛尔塔　我想,您有身份证吧?

若　望　有,我可以拿给您看。

玛尔塔　不必。我只登记上是护照还是身份证就行了。

若　望　（犹豫地）护照，在这儿呢。您要看看吗？

　　　〔玛尔塔接过护照，正要看时，老仆人出现在门口。

玛尔塔　去吧，我没有叫你。

　　　〔老仆人下。玛尔塔一副心不在焉的神情，没有看护
　　　　照，就还给了若望。

玛尔塔　您去那里的时候，是住在海滨吗？

若　望　对。

　　　〔玛尔塔站起来，正要收起登记簿，又改变主意，捧
　　　　着翻开的登记簿。

玛尔塔　（突然口气生硬地）哦，忘了件事！您有家吗？

若　望　早先有，不过，我离开很久了。

玛尔塔　不，我是问："您结婚了吗？"

若　望　您为什么问我这个呢？哪家旅馆也没有向我提过
　　　　这个问题。

玛尔塔　区政府给我们发的登记表上有。

若　望　真怪。对，我结婚了。再说，您也一定看到我这
　　　　结婚戒指了。

玛尔塔　我没看见。您妻子的住址能告诉我吗？

若　望　她留在当地。

玛尔塔　哦！好了。（合上登记簿）在房间准备好之前，要
　　　　我给您端点儿饮料吗？

若　望　不要。我在这里等候，但愿我不会妨碍您。

玛尔塔　您为什么会妨碍我呢？这间客厅就是用来招待顾

客的。

若　望　对。不过，一个单身顾客，有时比一大批顾客还
　　　　麻烦。

玛尔塔　（收拾房间）为什么？我猜想，您没打算在我面前
　　　　油嘴滑舌吧？到这儿来调笑的人，讨不着我的便
　　　　宜，这地方的人早就明白了这一点。您很快就会
　　　　发现，您挑了一家安静的旅店。这里几乎不来
　　　　客人。

若　望　对生意可不见得好。

玛尔塔　我们失掉了一些收入，但是赢得了安静。而安静，
　　　　花多少钱也很难买到。再说，一位好顾客，胜过
　　　　满店喧闹的生意。我们寻求的，正是好顾客。

若　望　不过……（犹豫地）对你们来说，生活有时恐怕
　　　　不大欢乐吧？你们不感到非常孤单吗？

玛尔塔　（她猛然抬起头，面对着若望）您听着，看来必须
　　　　给您个警告：您走进这座房子，只有顾客的权利；
　　　　反过来说，这些权利，您也能全部享用。您会得
　　　　到周到的服务，我相信日后您也不必抱怨我们的
　　　　招待。至于我们孤单不孤单，用不着您操心。同
　　　　样，您也不必顾虑妨碍不妨碍、烦扰不烦扰我们。
　　　　一位顾客的整个位置，就归您了，这是您有权得
　　　　到的，但是位置不要占多了。

若　望　请您原谅，我本意是向您表示同情，不是要惹您

气恼。不过我觉得，我们之间并不那样陌生。

玛尔塔　看来我必须向您重申，不可能出现惹我气恼不气
　　　　恼的问题。我觉得您执意要以不合身份的口气讲
　　　　话，就不能不向您指出来。我可以向您保证，我
　　　　这样做并没有恼火的意思。我们彼此保持距离，
　　　　对双方不是都有好处吗？如果您讲话还是不像个
　　　　顾客的样子，那也非常简单，我们就不接待您好
　　　　了。然而，两个女人租给您客房，不是说非得允
　　　　许您同她们亲密相处，如果像我想的那样，您肯
　　　　理解这一点，那么，一切都会非常顺利。

若　望　这是显而易见的。我真是不可原谅，竟然使您相
　　　　信我可能错打了主意。

玛尔塔　其实也没什么，您不是头一个企图操这种口气讲
　　　　话的人。然而，我总是讲得相当明确，不容有丝
　　　　毫的含糊。

若　望　的确，您讲得非常明确，我承认自己没有什么可
　　　　讲的了……至少这会儿是。

玛尔塔　为什么？您不妨使用顾客的语言嘛。

若　望　那是什么语言？

玛尔塔　大部分顾客对我们无所不谈，谈他们的旅行，谈
　　　　政治，就是不涉及我们本身，这正是我们要求的。
　　　　有些人甚至还向我们讲述他们的生活、身世，这
　　　　也是正常的。总而言之，在我们收费的职责中，

有一条就是倾听。当然，店钱不能包括店主回答问话的义务。我母亲不在意，有时回答两句，我原则上拒绝回答。如果您完全明白这一点，那么，我们不仅会意见吻合，您还会发现您仍然有许多事情可对我们讲，并会发觉谈论自己而有人听，这有时也是一种乐趣。

若　望　只可惜，我不大善于谈论自己。而且，归根结底，谈论自己也没有什么用处。假如我逗留的时间很短，您不可能了解我。假如我住的时间很长，您也会从从容容地获知我是什么人。

玛尔塔　但愿您不要因为我刚才那样讲而耿耿于怀，这毫无必要。我始终认为，事情挑明了就好，我不能让您以那种口气说下去，否则，必然会把我们的关系搞坏。我这样说也是合情合理的。因为，在今天之前，我们之间没有任何关系，现在突然一见如故，的确毫无道理。

若　望　我已经原谅您了。的确，我知道亲密关系不是一日之功，这要经过一段时间。如果现在您觉得，我们之间一切都清楚了，那我就会感到欣慰了。

〔母亲上。

第六场

母　亲　您好，先生。您的客房准备好了。

若　望　非常感谢，太太。

　　　　〔母亲坐下。

母　亲　（对玛尔塔）你填好登记卡了吗？

玛尔塔　填好了。

母　亲　我看一眼好吗？对不起，先生，警察局要求很严。
　　　　对了，我女儿漏填一项，您来此地是休养、办事
　　　　还是游览呢？

若　望　我想是游览吧。

母　亲　一定是来参观隐修院吧？有人把我们这儿的隐修
　　　　院说得好极了。

若　望　我确实听说过。这地方从前我熟悉，而且留有好
　　　　印象，我就想再来看看。

玛尔塔　您在这里住过吗？

若　望　没有。不过，在很久以前，我有机会从这里经过，
　　　　后来就一直没有忘。

母　亲　可是，我们这个村子很小哇。

若　望　这倒是，然而我很喜欢。我一到这儿，就有点儿
　　　　到家的感觉。

母　亲　您要待很久吗？

若　望　不知道。我这样回答，您一定感到奇怪。不过，我真的不知道。要在一个地方久住，总得有理由……有朋友哇、亲人啊，否则，待在哪儿都无所谓。能不能受到热情招待还很难说呢，因此，去留的时间我自然无法确定。

玛尔塔　这话说明不了什么。

若　望　对。但是，我不知道怎么表达更好。

母　亲　算了，您很快就会待腻的。

若　望　不会，我有一颗忠诚的心，当别人给我机会的时候，一件件事儿我很快就牢记在心。

玛尔塔　（不耐烦地）心在这里毫无意义。

若　望　（他仿佛没有听见，对母亲）您好像看透了人生。你们住在这所房子里，想必很久了吧？

母　亲　这是多少年前的事儿了。可有些年头儿了，我们都算不清刚来是什么时候，也忘记了我当年的情景。这是我女儿。

玛尔塔　妈，您没必要讲这些事儿。

母　亲　这倒是，玛尔塔。

若　望　（很快地）别说了。我完全理解您的心情，太太，干一辈子活儿，到头来就是这样。不过，凡是妇女都得有人相帮，您若是有人帮助，得到一个男人当帮手，情况也许会是另外一个样子。

母　亲　哦！从前我有过帮手，可是要干的活儿太多，我

和我丈夫都忙不过来，甚至连想想对方的工夫都

没有，我觉得早在他死之前，我就把他忘记了。

若　望　是的，这我理解。按说……（犹豫片刻）儿子，

还可能帮助您吧，您大概没有把他忘记吧？

玛尔塔　妈，您知道，要干的活儿多着呢。

母　亲　儿子！唉，我太老啦！老太婆连爱自己的儿子都

会忘掉的。心也要衰老，先生。

若　望　确实如此，但是我知道，心永远不会忘记。

玛尔塔　（她站到二人之间，态度坚决地）即使一个儿子来

到这里，也只能得到任何其他旅客都肯定能得到

的：和气而冷漠的招待。我们接待过的客人，大

家都随遇而安，他们付了房钱，拿到钥匙，并不

谈论他们的心。（停顿）这样也省我们的事儿。

母　亲　别说了。

若　望　（若有所思）这样招待，他们住得久吗？

玛尔塔　有几位住得非常久，我们尽量周到些，使他们留

下来。其他人钱财不多，第二天就走了，我们什

么也没有为他们做。

若　望　我有很多钱，如果你们同意的话，我希望在这旅

店住些日子。我忘记告诉你们，我可以先付店钱。

母　亲　嗳！我们并不要求这样！

玛尔塔　如果您有钱，这很好。不过，别再谈您的心了，

对它我们爱莫能助。刚才，我真受不了您那种口

气，差点儿请您走人。拿着钥匙，认好房间，但是要知道，您住的这所房子，对心来说，是什么也指望不上的。多少晦暗的岁月，就在这个小小村子和我们头上流逝，逐渐使这所房子冷却了，也夺去了我们的同情心。我再跟您说一遍，您在这里见不到丝毫类似亲切的情感。您会得到我们一贯特意留给极少数客人的招待，而我们这种招待，却同心的感情毫无关系。您拿着钥匙（她把钥匙递给若望）。不要忘记这一点：招待您是图利，我们处之坦然；如果留您长住，这是有利可图，我们也处之坦然。

〔若望接过钥匙。玛尔塔出去，若望则目送她出去。

母　亲　您不要介意，先生。有些话题，她始终不能容忍。

〔她想站起来，若望要上前搀扶。

　　　　不用，我的孩子，我还没有残废。瞧，这双手还很有力气，能抬动一个男人的腿。

〔停顿。若望注视着钥匙。

　　　　是我的话引起您的心事吗？

若　望　不是，请原谅。我几乎没有听见您说什么。不过，您为什么叫我"我的孩子"呢？

母　亲　唔，真不好意思！请相信，不是因为亲近才这样称呼，不过是随口说的。

若　望　我明白。（停顿）我可以到客房去吗？

母　亲　去吧，先生。老仆人在楼道里等您呢。

〔若望看着她，又要开口。

您还需要什么吗？

若　望　（犹豫地）不需要，太太。不过……我要感谢您的招待。

第七场

〔场上只剩下母亲一人。她重又坐下，双手放在桌子上，定睛看着。

母　亲　为什么向他提起我这双手呢？他若是真瞧瞧，也许就会明白玛尔塔对他说的话了。他若是听明白了，就会离开。然而，他不明白，就是要送死。而我呢，一心盼他走，今天晚上我好又能躺下睡觉。太老啦！我年纪太大了，要把他一直抬到河边，恐怕握不住他的脚腕，稳不住他身体的摇摆了。我太老了，最后这次用劲把他扔进水中之后，就会抬不起胳膊，喘不上气来，手脚就会转筋，无力抬手擦掉安眠者溅到我脸上的水。我太老啦！别想了，别想了！这个送死的人无可挑剔。我曾为自己的长夜所盼望的睡眠，现在要送给他了。这就是……

〔玛尔塔突然进来。

第八场

玛尔塔 您还胡思乱想什么吗？您也知道，我们有很多事儿要干。

母 亲 我想这个人来着。哦，还不如说想我自己来着。

玛尔塔 最好想想明天。要讲求点儿实际。

母 亲 这是你爸爸的话，玛尔塔，我一下子就听出来了。不过我要说定，我们不得不讲求实际，这可是最后一回了。怪极啦！你爸爸讲这话，是为了消除害怕警察的心理；而你呢，仅仅用来驱散我产生的一点儿诚实的念头。

玛尔塔 您所说的诚实的念头，无非是想睡觉罢了。累也得挺到明天，完事儿之后，就随您的便了。

母 亲 我知道你说得对，但是要承认，这位旅客非同一般。

玛尔塔 对，他特别心不在焉，摆出一副十足的老实厚道的样子。判处死刑的人，如果都向刽子手诉说内心的痛苦，那世界要变成什么样子？这条原则可不好。还有，他说话冒冒失失，也叫我恼火。我要了结这件事。

母 亲 正是这一点儿不好。从前咱们干这事儿，既不生气，也不同情，只是无动于衷。而今天呢，我累了，你又恼火。兆头不好，还要这么一意孤行，为了多捞点儿钱就什么也不顾了吗？

玛尔塔　不对，不是为了钱，而是为了忘掉这个地方，到海边弄所房子。如果说您对生活厌倦了，那么我呢，我却不甘心困死在这个不见天日的地方，再多待一个月我都觉得受不了。咱们俩对这个旅店都厌腻了：您呢，上了年纪，但求合上眼睛，忘掉一切；可是我呢，才二十岁呀，我还感到内心有点儿渴望。我要同这二十年永远告别，为此，哪怕在咱们要逃离的生活中再深入一步，那也在所不辞。您必须助我一臂之力，是您把我生在这布满乌云的地方，而没有把我生到充满阳光的土地上！

母　亲　玛尔塔，我真不知道，从一定意义上看，被人遗忘，就像被你哥遗忘这样，对我来说是不是更好，免得听到这种腔调。

玛尔塔　您完全清楚，我并不愿意惹您伤心。（停顿，惶恐地）没有您在身边，我怎么办呢？离开您，我怎么活呀？我，起码忘不了您。如果由于这种生活的压力，我有时对您缺乏应有的尊敬，那我就请您原谅。

母　亲　你是个好女儿，我也想象得出来，一个老太婆的

　　　　心思，往往叫人难以捉摸。不过，我要趁此机会告诉你，也就是刚才我想对你说的：不要在今天晚上……

玛尔塔　什么？还要等到明天？您完全清楚，咱们从来没有这样干过，不能给他时间观看周围。一旦握在掌心，就应当下手。

母　亲　我不知道。只是不要在今天晚上。让他过这一夜，暂缓一下，也许咱们多亏他才会得救呢。

玛尔塔　得救有什么用？这话真可笑！您只能今天晚上干，才可以期望事后获得睡觉的权利。

母　亲　我说的得救就是这个意思：睡觉。

玛尔塔　那我可以向您保证，这种得救掌握在咱们手中。好，咱们必须做出决定：要么今天晚上，要么不干。

　　　　　　　　　　　　　　　　　　　——幕落

第二幕

第一场

〔客房。暮色开始进入屋内。若望从窗口望了望。

若　望　玛丽亚说得对，这个时刻难熬。（停顿）现在，她
　　　　在旅店客房里，心扉紧闭，神情冷漠，蜷缩在椅
　　　　子上，究竟在干什么，究竟在想什么呢？那边的
　　　　夜晚孕育着幸福。然而这里，恰恰相反……（环
　　　　视房间）算了，这种担心毫无道理。干什么事，
　　　　绝不能瞻前顾后。一切都将在这个房间解决。

〔有人猛然敲门。玛尔塔上。

玛尔塔　但愿没有打扰您，先生。我要给您换换毛巾和洗
　　　　脸水。

若　望　我还以为换好了呢。

玛尔塔　没有，老仆人有时疏忽。

若　望　没关系。可我不大敢对您讲，您并没有打扰我。

玛尔塔　为什么？

若　望　我没有把握，这是否符合我们的常规。

玛尔塔　这回您该承认，您就不能像大家一样回答。

若　望　（微笑）我得慢慢习惯。给我点儿时间吧。

玛尔塔　（一边干活儿）您很快就得走，干什么事儿的时间
　　　　也不会有。

　　　〔若望转过身去，往窗外望望。玛尔塔观察他。若望
　　　　一直背对着她。她边干边说。

　　　　实在遗憾，先生，这个房间不像您可能希望的那
　　　　样舒适。

若　望　房间特别整洁，这是最重要的。而且，你们最近
　　　　也改建过，对吧？

玛尔塔　对，您怎么看出来了？

若　望　从一些小的方面。

玛尔塔　不管怎么说，许多顾客抱怨没有自来水，还真不
　　　　能怪他们说得不对。还有，我们早就想安床头灯
　　　　了。躺在床上看书的人，还得下地关灯，实在不
　　　　方便。

若　望　（转过身来）其实，我并没有注意到，这也不算多
　　　　大麻烦。

玛尔塔　您非常宽容。我们旅店这么多不足之处，您都不
　　　　介意，这真叫人庆幸。我知道有些旅客看到这样
　　　　子就不会住了。

若　望　尽管有那些规矩，还是让我对您讲，您的表现好
　　　　奇怪。我倒觉得，店主不应当强调自家设备不完

善。看来，您的确在想方设法劝我离开。

玛尔塔　这不完全是我的想法。（决意地）不过，我母亲和
　　　　我，接待您确实非常犹豫。

若　望　我至少注意到，你们没有尽力留我。可是，我不
　　　　明白是什么原因。你们不应当怀疑我付不起店钱，
　　　　而且我想，我也不像干了坏事心里有鬼的人。

玛尔塔　不是，不是这个原因，您一点儿也不像坏人，我
　　　　们另有缘故。我们打算离开这个旅店，最近一个
　　　　时期，天天要关门，好动手准备。我们这里难得
　　　　来顾客，要说关门也容易。特别是您这一来，我
　　　　们就更加明白，我们抛弃重操旧业的念头该有多
　　　　么坚定。

若　望　这么说，您希望我离开吗？

玛尔塔　我对您讲过，我们还在犹豫，尤其我在犹豫。实
　　　　际上，全要看我的，我现在还没有决定怎么办。

若　望　别忘了，我不愿意给你们添麻烦，一定顺从你们
　　　　的愿望。不过我要说一句，如果能住上一两天，
　　　　我的问题也就解决了。重新上路之前，我有些事
　　　　情要安排，希望能在这里得到我所需要的清静和
　　　　安宁。

玛尔塔　请相信好了，我理解您的愿望。您若是愿意的话，
　　　　我就再考虑一下。

　　　〔停顿。她迟疑不决，朝门口走了一步。

您准备返回原地吗？

若　望　有可能。

玛尔塔　那地方很美，是不是？

若　望　（望着窗外）对，那地方很美。

玛尔塔　听说那里有渺无人迹的海滩？

若　望　有的，确实不见一点儿人迹。一清早，在海滩上
　　　　只能发现海鸟的足迹，那是生命的唯一标记。至
　　　　于傍晚……

〔若望住了口。

玛尔塔　（轻声地）傍晚怎么样，先生？

若　望　那真令人心潮翻滚。对，那是个美丽的地方。

玛尔塔　（换了新的声调）我经常想那个地方。旅客向我谈
　　　　过，我也看了一些搞得到的材料。当这里还是阴
　　　　冷的春天时，就像今天这样，我常常想那里的大
　　　　海和鲜花。（停顿，然后低沉地）我眼前尽是想象
　　　　的景色，都看不清周围的一切了。

〔若望注视着她，并且轻轻地坐到她面前。

若　望　这我理解。那里的春天叫人喘不上气来，无数的
　　　　鲜花盛开，挂满白色的墙壁。我住的那座城市丘
　　　　峦环绕，您若是在山上漫步一个钟头，衣服上就
　　　　能带回黄玫瑰蜜香。

〔玛尔塔也坐下。

玛尔塔　那真美妙极了。我们这里所说的春天，只不过是

在隐修院中长两个花蕾，开一朵玫瑰。（鄙夷地）这就足以搅动此地人的心肠。而他们的心，也就同那朵吝啬的玫瑰一样，遇到一阵稍强的风就会衰败：他们只配这样的春天。

若　望　您这话不完全公道，这里还有秋天呢。

玛尔塔　秋天算什么？

若　望　第二个春天哪，秋叶像一朵朵鲜花。（注视着玛尔塔）也许有些人就是这样，您只要耐心地帮助，就会看到他们开放青春的花朵。

玛尔塔　秋天是一副春天的面孔，而春天只有凄苦的味道，我对这个欧洲，已经再也没有耐心了。然而，我却着迷一般想象另外那个地方：在那里，夏天压倒一切，冬雨淹没城市，总之，万物都呈现本来的面目。

　　〔冷场。若望越来越好奇地看着她。她发觉了，霍地站起来。

玛尔塔　您为什么这样看我？

若　望　哦，请原谅，不过，我们这会儿既然丢开了我们的常规，我可以告诉您：我觉得，这是您对我讲话第一次带有人情味儿。

玛尔塔　（口气激烈地）毫无疑问，您理会错了。即便是这种情况，您也没有理由高兴。我的人情味儿，并不是我身上最好的情感。我的人情味儿，就是我的渴望，而为了得到我渴望的东西，我相信会踏碎路上碰到的一切。

若　望　（微笑）这种激烈的情绪我能够理解。我不是路上的障碍，因此用不着害怕。没有任何理由促使我阻挠您的渴求。

玛尔塔　您没有理由阻挠，这是肯定的。然而，您也没有理由相助：在某种情况下，助一臂之力，能促进整个愿望的实现。

若　望　您怎么就知道我没有理由相助呢？

玛尔塔　常情，还有我这意愿：不让您知道我的计划。

若　望　如果我听明白了的话，我们又回到了常规上。

玛尔塔　对，您也看得十分清楚，我们不敢违反常规。我只是感谢您向我谈了您熟识的地方，还要请您原谅，我也许浪费了您的时间。

〔她已经走到房门口。

不过应当承认，对我来说，这段时间没有完全白过，它唤醒了我身上也许沉睡着的愿望。您若是真的执意留在这里，也就在无意中如愿以偿了。我刚进来的时候，几乎决定要您离开。然而，您也看到了，您求助于我的人情味儿，因此，我现在希望您留下来。我对大海和阳光国度的向往，最后一定会占上风。

〔若望默默地瞧了她一会儿。

若　望　（缓慢地）您的话非常奇特。不过，如果有可能，
　　　　您母亲又认为方便的话，我就留下来。

玛尔塔　我母亲的愿望没有我的强烈，这也是自然的。她
　　　　希望您住下的原因跟我的不一样。她不十分向往
　　　　大海和荒凉的海滩，也就不认为您必须留下来。
　　　　这条理由只对我适用。不过，与此同时，她也没
　　　　有多大情由反对我，这就足以解决问题了。

若　望　如果我听得明白的话，你们接待我，一个是图利，
　　　　另外一个是无所谓啦?

玛尔塔　除此之外，旅客还要求什么呢?

　　　〔她打开房门。

若　望　看来我应当知足了。不过，您当然也明白这里的
　　　　一切，言语和人，对我来说都很奇特。这所房子
　　　　实在古怪。

玛尔塔　也许仅仅是您的行为古怪吧。

　　　〔玛尔塔下。

第二场

若　望　（注视着门口）也许，的确是……

　　　〔他走向床铺，坐下来。

　　　　这位姑娘只引起我一种愿望，就是离开这里，去
　　　　找玛丽亚，仍然过幸福的日子。我的所作所为愚

蠢透了。我在这儿干什么？唉！不行，我还要负担母亲和妹妹的生活呢，我抛下她们太久了。（站起来）对，全部问题，就要在这个房间里解决。

可是，这房间多冷啊！我一点儿也认不出来，完全翻新了。现在，它同外国城市旅馆的所有客房一样，每天晚上供单身男人来住。我也尝过这种客房的滋味，当时我就觉得应当得到一声回答。也许，我在这里会得到的。（他向外张望）天阴了。昔日的惶恐心情，现在又在我的躯体深处复萌，就像一处恶性伤口，动一动就疼痛难忍。我知道这种心情的名称。它害怕永久的孤独，担心没人应声回答。可是，在旅店的一间客房里，有谁能回答呢？

〔他朝电铃按钮走去，犹豫一下，按了电钮。没有一点儿动静，冷场片刻。继而传来脚步声，有人敲了一下房门。房门推开了，老仆人立在门口，一动不动，默不作声。

若　望　没事儿，对不起。我只是想试试有没有人回答，电铃好用不好用。

〔老仆人凝视他，然后关上房门，脚步声渐远。

第三场

若　望　电铃好用，可是他不说话，这还不算是回答。（他
　　　　望望天空）怎么办呢？

　　　〔有人敲了两下门。玛尔塔端个托盘进来。

第四场

若　望　端的是什么？

玛尔塔　您要的茶。

若　望　我什么也没要。

玛尔塔　啊？准是老头儿没听清楚，他常常只听明白
　　　　一半。

　　　〔她把托盘放到桌子上。若望摆了摆手。

　　　　要我端走吗？

若　望　不必，不必，我倒应当谢谢您。

　　　〔玛尔塔瞧了他一眼，随即出去。

第五场

　　　〔若望端起茶杯，瞧了瞧，重又放下。

若　望　一杯啤酒，但是要付钱；一碗茶，却是该送来的。

〔他又端起茶杯，默默地举了一会儿，接着声调低沉地：

天主哇！启示我想出我要说的话吧，或者，让我放弃这种徒劳之举，回到玛丽亚的爱中去吧。那就给我力量吧，让我选择自己爱做的事并坚持下去。（笑）好吧，这就是给浪子的庆宴，美餐一顿吧！

〔他喝了茶。有人重重地敲门。

若　望　谁呀？

〔房门推开了，母亲进来。

第六场

母　亲　对不起，先生，我女儿告诉我，她给您送来茶了。

若　望　您瞧。

母　亲　您喝了？

若　望　对，为什么这么问？

母　亲　请原谅，我来取走托盘。

若　望　（微笑）又麻烦您了，真抱歉。

母　亲　没关系。其实，这茶不是给您准备的。

若　望　哦！是这么回事儿。我没有要，您女儿就给我送来了。

母　亲　（带几分倦怠地）对，是这样。本来最好……

若　望　（意外地）请相信，我很遗憾。尽管送错了，您女
　　　　儿还是愿意留给我，我真没有想到……

母　亲　我也感到遗憾。不过，您不必道歉，这只是一次
　　　　差错。

　　　〔她拿起托盘，正要出去。

若　望　太太！

母　亲　嗯。

若　望　我刚刚做了个决定，准备吃完晚饭就走，房钱，
　　　　我自然要付了。

　　　〔母亲默默地望着他。

　　　　您感到意外，这我理解。但是，千万不要以为你
　　　　们有什么责任。我对你们只有好感，甚至有极大
　　　　的好感。不过，坦率地讲，我在这里觉得不自在，
　　　　就不想延长逗留的时间了。

母　亲　（缓慢地）没什么，先生。一般来说，您是完全自
　　　　由的。不过，从现在到吃晚饭，您也许还会改变
　　　　主意。人容易受一时的影响，过一阵子人地相宜，
　　　　也就习惯了。

若　望　我不这样看，太太。然而，我也不希望你们错以
　　　　为我不满意才走的。反之，我非常感谢你们对我
　　　　的招待。（犹豫一下）在你们这里，让我感到善意
　　　　迎人。

母　亲　这完全是自然的，先生。我没有个人恩怨要因此
　　　　仇视您。

若　望　（控制住激动的心情）也许，的确如此。我之所以
　　　　对您讲这些，就是希望能够和和气气地分手。日
　　　　后，我可能还要来，甚至一定来。不过眼下，我
　　　　觉得原来的想法不妥，来到这里无事可干。说穿
　　　　了，我感到这所房子不是自己的家，不免有些
　　　　怅惘。

　　　　〔母亲一直凝视他。

母　亲　哦，当然了。不过一般来说，这种事情立刻就能
　　　　感觉出来。

若　望　您说得有道理。瞧，我就是有点儿心不在焉。再
　　　　说，回到一个阔别很久的地方，向来不是件轻松
　　　　的事，您大概理解这一点。

母　亲　我理解您的心情，先生。我非常希望您事事顺心。
　　　　不过我想，我们一点儿忙也帮不上。

若　望　哦！那当然了，我对你们没有丝毫责备的意思。
　　　　只不过我回到此地，最先遇见你们，我感到有些
　　　　生疏难处，自然也就首先同你们有关。不用说，
　　　　这全是我个人的缘故，换了环境，还没有适应。

母　亲　事情不遂心，也没有什么办法。从一定意义上讲，
　　　　您决定走，也使我感到心里不安。不过我想啊，
　　　　归根结底，我没有理由把这事儿看得太重。

若　望　您体谅我的烦恼，还尽量理解我，这已经很不错
　　　　了。我真不知道该如何向您表达，您这话叫我多
　　　　么感动，多么高兴。（朝她靠近一步）您看……

母　亲　让每位顾客高兴，这也是我们的生意之道。

若　望　（气馁地）您说得对。（停顿）总而言之，我至少
　　　　应当向您表示歉意，如果您认为合适的话，还应
　　　　当予以补偿。

　　　　〔他用手捂住前额，显得更加疲惫，话语也迟钝了。
　　　　你们可能做了准备，支出了费用，我完全应当……

母　亲　我们绝不是要向您索取赔偿。我感到遗憾，对您
　　　　的态度犹豫不决，但并不是考虑我们，而是考
　　　　虑您。

若　望　（扶住桌子）哦！这没关系。主要的还是我们想到
　　　　了一处，我没有给你们留下很坏的印象。请相信，
　　　　我不会忘记这所房子，但愿我再来的那天，心情
　　　　会好得多。

　　　　〔母亲没有再说话，朝门口走去。

若　望　太太！

　　　　〔母亲回身。若望说话困难，说到后来才流利一点儿。

若　望　我是想……（停顿）请您原谅，我这一路太疲劳
　　　　了。（坐到床上）我是想，至少感谢您……我也一
　　　　定要告诉您，我不是像个漠不相关的旅客离开
　　　　这里。

母　亲　不必客气，先生。

〔母亲下。

第七场

〔若望目送母亲出去，他动了一下，立刻显出疲惫不
堪的样子，仿佛支持不住，臂肘撑在枕头上。

若　望　明天，我再同玛丽亚一起来，就说："是我呀。"
　　　　我一定能使她们幸福，这是显而易见的，还是玛
　　　　丽亚说得对。（他叹口气，半躺下）唉！我真不喜
　　　　欢今天晚上，一切都那么遥远。

〔他完全躺下，又讲了几句话，但是声音细微难辨。

若　望　对呢，还是不对呢？

〔他身子动了动，便睡着了。舞台几乎笼罩在夜色中。
长时间冷场。房门推开了，两个女人拿支蜡烛上，老
仆人跟在后边。

第八场

玛尔塔　（举烛照了照若望的身子，低声地）他睡着了。

母　亲　（声音同样很低，但是逐渐提高）不行，玛尔塔！
　　　　我不喜欢你这样硬逼我干。你把我拖进这次行动

中，你先动手，好逼我来收场。这种强加给我的
做法，我不喜欢。

玛尔塔　这是快刀斩乱麻的做法。那会儿看您心神不定的
样子，我就应该带头干起来，好帮您摆脱这种精
神状态。

母　亲　我非常清楚，这事儿要了结。尽管如此，我也不
喜欢这样干。

玛尔塔　算了，还是想想明天吧，快点儿动手吧。

〔玛尔塔翻若望的上衣，掏出钱包，数了里边装的钞
票，又把沉睡者的所有口袋都掏空。在这过程中，
若望的护照滑落到床后，两个女人没有看见，老仆人
却拾起护照，退了出去。

玛尔塔　好了，全妥当了。过一会儿，河水就要蓄满。咱
们下楼去吧，等到听见水从大坝上流淌的声响，
咱们再上来抬他。走吧。

母　亲　（平静地）不走，咱们在这儿挺好。

〔她坐下。

玛尔塔　可是……（她凝视母亲，接着以挑战的口气）不
要以为这就会吓住我，那您就在这儿等着吧。

母　亲　对呀，等着吧。等待挺舒服，等待就是休息。过
一会儿，就要把他一直抬到河边，还没动手我就
感到劳累。这种劳累由来已久，再也不能被我的
血液化解了。（他身子摇来晃去，仿佛处于瞌睡状

态）在这段时间，他却毫无知觉，他睡着了，已
经离开了人世。从此以后，对他来说一切都轻而
易举了，仅仅是从梦影憧憧的睡眠进入无梦的睡
眠。对所有的人是肝肠寸断的事，对他只不过是
长眠。

玛尔塔　（挑战似的）那就让我们为他庆幸吧！我并没有埋
由恨他，倒是很高兴至少没有让他遭罪。真的，
水好像上涨了。（她倾听，随即微笑）妈，妈，很
快就全结束了。

母　亲　（同上）对，全要结束了。河水上涨了。在这段时
间，他毫无感觉。他在沉睡，再也不受累了，不
必决定什么事儿、完成什么事儿了。他在沉睡，
再也不用卖死力、拼老命，硬干自己干不了的事
情了。他在内心生活中，卸下了使他不得休息、
不能分神、不能放松的重负……他在沉睡，不再
思考了，也没有职责，没有任务了，没有了，没
有了。而我呢，又老又累。噢！我真羡慕他现在
这样子：在睡眠中很快就死去。（冷场）你一句话
不讲，玛尔塔？

玛尔塔　不，我听着，等待流水声。

母　亲　过一会儿，只过一会儿就听到了。对，还有一会
儿。在这段时间，幸福至少还是可能的。

玛尔塔　幸福，在这之后才可能，在这之前不成。

母　亲　他今天晚上就要走，你知道吗，玛尔塔？

玛尔塔　不，不知道。即使知道，我也照样下手，我已经
　　　　决定了。

母　亲　他刚才告诉我的，我都不知道怎么回答。

玛尔塔　您来看他啦？

母　亲　我上来是想阻止他喝，可是太晚了。

玛尔塔　对，可是太晚了。反正要告诉您，可以跟您说，
　　　　还是他促使我下决心的。当时我游移不决，他却向
　　　　我介绍了我向往的地方，他把武器交给我反对他自
　　　　己，结果真把我打动了。天真就要落到这种下场。

母　亲　其实，玛尔塔，他最后还是明白过味儿来。他对
　　　　我说，他觉出这所房子不是他的家。

玛尔塔　（有力而不耐烦地）这所房子，确实不是他的家，
　　　　也不是任何人的家。谁住在这里，也永远找不到
　　　　轻松和温暖。他若是早点儿明白，就可能保住一
　　　　条命，也省得我们教化领悟：这房子是为了让人
　　　　睡在里面的，这世界是为了让人死在里面的。别
　　　　说了，我们……（远处传来流水声）听，水在大
　　　　坝上流淌的声音。来呀，妈，看在您有时祈求的
　　　　这个上帝的爱上，了结这件事吧。

　　　　〔母亲朝床铺走了一步。

母　亲　好吧！然而我觉得，这个黎明永远不会来临。

　　　　　　　　　　　　　　　　　　　——幕落

第三幕

第一场

〔母亲、玛尔塔和老仆人在场上。老仆人正在扫地，整理店房。玛尔塔坐在柜台后面，正往后边拢头发。母亲穿过舞台，朝店门走去。

玛尔塔　瞧见了吧，黎明来到了。

母　亲　对。到了白天，我会认为了结是件好事。但是现在，我只感到累。

玛尔塔　多少年来，这是我畅快呼吸的第一个早晨。我仿佛听见了大海的声音。我心里充满了喜悦，真想高声喊叫。

母　亲　这就好，玛尔塔，这就好。可是，现在我感到十分衰老，什么也不能同你分享了。到了白天，一切都会好的。

玛尔塔　对，一切都会好的，我希望如此。不过，您先别唉声叹气，让我尽情地体味幸福吧。我重又变成原先的少女，身体重又燃烧起来。我真想奔跑。啊！只跟我说说……

〔她突然停住。

母　亲　怎么啦，玛尔塔？你好像变了一个人。

玛尔塔　妈……（犹豫一下，然后火热地）我还漂亮吗？

母　亲　今天早晨你真漂亮，罪恶是美的。

玛尔塔　现在，管他什么罪恶呢！我第二次诞生了，我要
　　　　前往会给我带来幸福的土地。

母　亲　好吧。我要去休息。但是，我很高兴，知道你的
　　　　生活终于开始了。

〔老仆人出现在楼梯上，这时走下来，把护照递给玛
　尔塔，一句话未讲又出去了。玛尔塔翻看一下护照，
　毫无反应。

母　亲　那是什么？

玛尔塔　（声调平静地）他的护照，看看吧。

母　亲　你还不知道，我的眼睛累了。

玛尔塔　看一看！您会了解他的姓名。

〔母亲接过护照，走到桌旁坐下，翻开护照看，目光
　久久盯在上面。

母　亲　（声调平淡地）哼，我就知道，迟早有一天要自作
　　　　自受，才肯罢休。

玛尔塔　（她走到柜台前站定）妈！

母　亲　（同上）算了，玛尔塔，我活到头儿了，比我儿子
　　　　活得长久多了。我没有认出他来，还杀害了他。
　　　　现在，我只能到河底去找他了，想必水草已经盖

住了他的脸面。

玛尔塔　妈！您不会丢下我孤单单一个人吧？

母　亲　我得到你的很大帮助，玛尔塔，真舍不得离开你。我应当表明，你尽了心，是个好女儿，如果这种话还有意义的话。你对我始终保持应有的尊敬。可是现在，我厌倦了，原以为我这颗衰老的心对一切都冷漠了，不料又重新感到痛苦。如果年轻，我还可以解脱，现在却不行了。当母亲认不出自己儿子的时候，不管怎么说，她在大地的使命已结束了。

玛尔塔　没有结束，还有她女儿的幸福需要创建呢。我不明白您对我讲的，这不像您说的话。您不是教我蔑视一切吗？

母　亲　（以同样平淡的语气）对，然而，我刚刚明白我错了，在这片一切都无定准的大地上，我们有自己确信的东西。（辛酸地）母亲对儿子的爱，就是我今天确信的。

玛尔塔　难道您不确信母亲能爱女儿吗？

母　亲　玛尔塔，现在我不愿意挫伤你，但这的确不是一码事儿，没有那么强烈。我怎么能失去对儿子的爱呢？

玛尔塔　（愤然地）忘掉您二十年，多美妙的爱呀！

母　亲　对，是美妙的爱，断绝音信二十年还依然存在。

其实又有什么关系！对我来说，这种爱相当美好，如果没有它我活不了。

〔她站起来。

玛尔塔　您讲这话的时候，心中不可能没有一点儿抗争，不可能一点儿不想您女儿。

母　亲　不，我什么也不想，更谈不上抗争。这是惩罚，玛尔塔，我猜想，凶手无不同我一样，都有从内部掏空、人所不齿、毫无前途的时刻。正因为如此，所以要除掉他们，他们已经毫无用处了。

玛尔塔　这种话我嗤之以鼻，您谈论什么犯罪与惩罚，我听不进去。

母　亲　我是随口讲的，不过如此。噢！我丧失了自由，开始堕入地狱！

玛尔塔　（朝母亲走去，激烈地）您从前可不这样讲。这么多年来，您始终跟我寸步不离，紧紧抓住来送死的人的双腿。那时您却没想自由和地狱。您一直干下来，这种情况，您儿子能改变什么呢？

母　亲　我一直干下来，的确如此，可这是因循旧习，就像一个死人。只要一阵痛苦，就能使一切改变样子。我儿子来改变的正是这一点。

〔玛尔塔要开口讲话。

我知道，玛尔塔，这话不合情理。对于一个犯罪者来说，痛苦意味什么呢？而且，你也看到了，这不是母亲的真正痛苦，我还没有呼天抢地。其实，这不过是在爱中再生所感到的伤痛。可这伤痛就叫我吃不消。我也明白，这种伤痛同样没有道理。（改变声调）但是，人世本身就不合理，这话我完全可以讲，因为从生育到毁灭，我尝到了它的全部滋味。

〔她毅然朝房门走去，但是玛尔塔抢先一步，横在门口。

玛尔塔　不行，妈，您不能离开我。不要忘记我是留下来的，他却一走了之；我陪伴您一辈子，他却一去杳无音讯。这应当酬报，这应当计算在内。因此，按理您应当到我这边来。

母　亲　（轻声地）是这个理儿，玛尔塔，可是他呢，是我害死了他！

〔玛尔塔偏过点儿身子，头朝后仰，仿佛注视门口。

玛尔塔　（沉默片刻，然后更加激烈地）生活可能给予一个男人的，都给予他了。他离开这地方，认识了其他地区、大海，认识了自由的人。而我呢，死守在这里，我死守在大陆的腹心，在寂寞中又渺小又可怜，我是在土地的深层长大的。谁也没有吻过我的嘴唇，甚至您也没有，而您却见过我没穿衣裳的身子。妈，我向您发誓，这些一定要得到酬报。我即将得到本应享受的东西，您不能借口一个男人死了，就逃避那个时刻，这是徒劳的。要知道，对于一个经历了人生的男人，死不过是件区区小事。我们能忘掉他：我忘掉哥哥，您忘掉儿子。他这次遭遇无关紧要，他再也没有任何东西需要了解。可是我呢，您剥夺了我的一切，不让我享受他享受过的东西。难道他还要从我这里夺走母爱，把您永远拖进冰冷的河中吗？

〔母女默默地对视。女儿垂下目光。

玛尔塔 （声音极低地）有一点点儿我就会心满意足。妈，有些话我向来讲不好，但是我觉得，重新开始我们每日的生活，是很甜美的。

〔母亲朝女儿走去。

母　亲　你认出他来啦？

玛尔塔 （猛地扬起头）没有！我没有认出他来。他的相貌没有给我留下一点儿印象。事情该着如此。您自己也讲过，人是不合理的。不过，您向我提出这个问题并不完全错。因为，我现在清楚，即使我认出他来，事情也不会有丝毫改变。

母　亲　我情愿相信这不是真的。最残忍的凶手，也有于心不忍的时刻。

玛尔塔　我也有过。然而，我面对一个陌生而冷漠的哥哥，并不会垂下头。

母　亲　那么面对谁才能垂下头？

〔玛尔塔低下额头。

玛尔塔　面对您。

〔冷场。

母　亲　（缓慢地）太迟了，玛尔塔，我再也不能为你做什么了。（转身走向女儿）你哭了吗，玛尔塔？没有，你不会哭了。你还记得我什么时候吻过你吗？

玛尔塔　不记得，妈。

母　亲　说得对。那是很久以前的事儿了，我很快就顾不上向你张开手臂了。然而，我一直是爱你的。

〔她轻轻推开玛尔塔，玛尔塔逐渐让开路。

母　亲　现在我知道这一点，因为我的心讲话了；在我要活不下去的时候，我重又感到了生活。

〔路完全让开了。

玛尔塔　（双手捂面）可是，难道还有什么比您女儿的悲痛更有力量的吗？

母　亲　也许是疲倦吧，还有渴望休息。

〔母亲走出去，女儿再也没有阻拦。

第二场

〔玛尔塔跑到门口，重重地关上门，伏在上面狂叫起来。

玛尔塔 不！我并没有守护哥哥的责任，可是现在，我却被流放在自己的家园，连母亲也把我抛弃了。然而，我并没有守护哥哥的责任，这是欺侮无辜，这是不公道的。现在，他终于得到了他想要的东西，而我却孤苦伶仃，同我渴望的大海天各一方。噢！我恨他。我终生等待会把我载走的波涛，现在知道它不可能来啦！我必须在这里困守，前后左右由大批人民和国家、平原和高山重重包围，阻断了海风，也把大海的频频呼唤淹没在它们的喧嚣声中。（压低声音）别的人运气要好！有的地方尽管远离海洋，晚风却能时常送去海藻的气味，向那里讲述回荡着海鸥鸣叫的潮湿海滩，或者讲述黄昏中一望无际的金色沙岸。但是，海风没有吹到这里就衰竭了，我永远也不会得到我本来应当享受的东西。我即使把耳朵贴在地面上，也听不到幸福的大海浪涛的拍击或者均匀的呼吸。我与我喜爱的相隔实在太遥远，根本没有补救的办法！我恨他，我恨他，就因为他如愿以偿！而我呢，只能把这偏僻闭塞的狭窄天地认作家园，只能用这地方的酸涩的李子充饥，只能用我抛洒的鲜血解渴。这就是报答母亲的温情所要付出的代价！

　　她死就死吧，反正我也没有得到母爱！让我

四周的门全关闭吧！我要发泄义愤，不用她管！因为，至死我也不会举目祈求上苍。人可以逃往那里，到那里就能解脱，自己的身体可以偎依着另一个身体，可以在波浪中翻滚，在那个有大海守卫的国度，神是不会登岸的。然而在这里，目光四面受阻，整片土地的形状，只适于脑袋仰起来，用目光哀求。我恨这世界，因为我们在这里只能屈从于上帝。可是我，蒙受不公正的待遇，我绝不跪下。我在这大地上，生存的位置被剥夺了，现在又被母亲抛弃，在罪恶中孑然一身，我离开这个世界也不求赎罪。

〔有人敲门。

第三场

玛尔塔　谁呀？

玛丽亚　一个旅客。

玛尔塔　不接待客人了。

玛丽亚　我来找我丈夫。

　　〔玛丽亚上。

玛尔塔　（打量玛丽亚）您丈夫是谁？

玛丽亚　他昨天来到这里，说好今天早晨去找我，可是没有去，我很奇怪。

玛尔塔　他说过他妻子在外国呢。

玛丽亚　他这样讲是有原因的。现在，我们本来应当见面的。

玛尔塔　（始终凝视她）这可就难了，您丈夫不在这里了。

玛丽亚　您说什么？他不是在这店里要了一间客房吗？

玛尔塔　是要了一间客房，但是深夜又走了。

玛丽亚　我真无法相信，他要留在这所房子里的种种缘由我全知道。真的，您的语气令我不安。您有什么话就对我讲吧。

玛尔塔　我没什么好讲的，只能告诉您，您丈夫不在这儿了。

玛丽亚　他不可能一个人走，把我丢下呀！我真不理解您的话。他一去不复返了，还是打算再回来？

玛尔塔　他一去不复返了。

玛丽亚　请听我说，从昨天起，我在这异国他乡容忍等待，全部耐心都耗尽了。由于担心，我来了；不见到我丈夫，或者不知道上哪儿能找到他，我绝不走。

玛尔塔　这不关我的事。

玛丽亚　您说错了，这也是您的事情。不知道我丈夫是否同意我把情况告诉您，可是我实在厌倦了这样故弄玄虚。昨天上午来到你们这里的那个男人，正是您多年失去音信的哥哥。

玛尔塔　您没有告诉我什么新鲜消息。

玛丽亚　（愤然地）那他怎么啦？您哥哥为什么不在这里？

　　　　　　你们没有承认他吗？您母女二人与他重逢不感到高兴吗？

玛尔塔　您丈夫不在这儿，是因为他死了。

　　　　〔玛丽亚惊跳一下，半晌没说话，她定睛看着玛尔塔。然后，她又凑上前去，脸上泛起笑容。

玛丽亚　您在开玩笑，对吧？若望经常对我说起，您很小的时候，就喜欢捉弄人。咱们差不多是亲姐妹了，因此……

玛尔塔　别碰我，待在原地。我们俩之间毫无共通之处。（停顿）您丈夫是昨天夜里死的，我向您保证这不是开玩笑。现在，您没有必要待在这儿了。

玛丽亚　您疯了，该送进疯人院！这太突然了，我无法相信您的话。他在哪儿？人死留尸，让我看看，见了尸体，我才会相信我难以想象的事情。

玛尔塔　见不到了。他在的那地方，谁也无法见到。

　　　　〔玛丽亚朝她伸手。

　　　　　　别碰我，待在原地……他沉到河底了。昨天夜里把他麻醉之后，是我和我母亲把他抬去的。他没有遭罪，但终归死了。是我们，我和我母亲把他害死了。

玛丽亚　（退后）不，不……是我疯了，听到从未有过的惊天动地的话。我早就知道，这里不会有什么好事儿等着，可是，我绝不相信这种荒唐事儿。我不明白，我不明白您的话……

玛尔塔　我没有责任说服您，仅仅是通知您。您自己会恍然大悟的。

玛丽亚　（仿佛心不在焉地）为什么，你们为什么这么干？

玛尔塔　您凭什么盘问我？

玛丽亚　（喊叫）凭我的爱情！

玛尔塔　这个词意味着什么？

玛丽亚　就意味着现在使我肝肠寸断的全部痛苦，意味着使我张开手就要杀人的这种狂念。若不是我心中固执，始终不相信，疯子，等您脸上尝到被我指甲抓烂的滋味，您就会了解这个词的意思了。

玛尔塔　真没办法，您的话我就是不懂，我不明白爱情、快乐或痛苦这类话。

玛丽亚　（极力克制）听我说，如果这是开玩笑，那就结束吧，不要在空话里兜圈子了。在丢开我之前，明明白白地告诉我，我要知道个明明白白。

玛尔塔　我讲得再明白不过了。我们图财，昨天夜里害死了您丈夫。在此之前，我们也害过几个旅客。

玛丽亚　这么说，他母亲和他妹妹是罪人？

玛尔塔　对。

玛丽亚　（始终克制地）您事先知道他是您哥哥啦？

玛尔塔　您一定要知道，告诉您这是误杀。您多少了解一点儿世情，就不会感到奇怪了。

玛丽亚　（回身走向桌子，拳头顶着胸口，声音低沉地）
　　　　噢！天哪，我早就知道，这场玩笑非闹出人命不
　　　　可，他和我这样干必然要受到惩罚。真是祸从
　　　　天降。
　　　〔她在桌前停下，说话时眼睛不看玛尔塔了。
　　　　他本想让你们认出来，本想回到自己家里，给你
　　　　们带来幸福，但是他不知道怎么说才好。正当他
　　　　想词儿的时候，你们把他害死了。（哭起来）而你
　　　　们，就像两个疯子，有眼不识回到你们身边的杰
　　　　出的亲人……他确实杰出，你们哪里晓得被你们
　　　　害死的人怀有多么自豪的心、多么高尚的灵魂！
　　　　他曾是我的骄傲，也可以成为你们的骄傲。可是，
　　　　唉！您原先是他的对头，现在还是他的对头，说
　　　　起这件事，您还这样冷淡，本来应当跑到街上，
　　　　发出野兽般的号叫！

玛尔塔　您不了解全部情况，就不要下任何断语。就在此
　　　　刻，我母亲已经同她儿子相会了，波涛开始吞噬
　　　　他们。不久，他们母子就会被人发现，他们又将
　　　　聚在同一块土地上。然而，我看不出这事还有什
　　　　么能令我号叫的。我们对人心的看法不同，总而
　　　　言之，您的眼泪叫我反感。

玛丽亚　（仇恨地反唇相讥）这是为了永远逝去的欢乐而流
　　　　的眼泪。对您来说，这要胜过无泪的痛苦，而这

种痛苦不久就会到我身上，它很可能一下子要了您的命。

玛尔塔　这根本触动不了我。老实说，这不算什么。我也一样，耳闻目睹的够多了，我决定也一死了之。然而，我不愿意和他们为伍。到他们那一堆里干什么呢？就让他们沉湎于失而复得的柔情、冥冥之中的爱抚吧。既没有您的份儿，也没有我的份儿了，他们永远叛离了我们。幸亏还剩下我的房间，正好在里面独自了此一生。

玛丽亚　噢！您可以死去，世界可以毁灭，反正我丧失了我所爱的人。现在，我不得不在这种可怕的孤独中生活，忍受着记忆的折磨。

　　〔玛尔塔走到她身后，在她的头顶上方说话。

玛尔塔　不要有任何夸张。您失去丈夫，而我也失去母亲。归根结底，我们俩谁也不欠谁的。说起来，您跟他享受多年的欢乐，没有被抛弃，仅仅失去他一次。而我呢，我母亲抛弃了我，现在她又死了，我等于失去她两次。

玛丽亚　他本想把他的财产带给你们，使你们俩都幸福。就在你们策划害死他的时候，他一个人在客房里，考虑的正是这件事。

玛尔塔　（声调突然绝望地）我也不欠您丈夫的情，因为，我尝到了他的悲痛。我曾像他一样，也以为有个家。我想象罪恶就是我们的安乐窝，罪恶永远把母亲和我联结在一起。在人世间，除了转向和我同时图财害命的人，我还能转向谁呢？可是我错打了算盘。罪恶也是一种孤独，即使上千个人一块儿干。我独自生活，独自害人之后，当然应该独自死去。

〔玛丽亚眼含泪水，转身朝她走来。

玛尔塔 （后退，又恢复生硬的声调）不要碰我，我已经跟您说过。一想到死之前，人的手还能强加给我温暖，一想到无论什么类似人类的丑恶柔情的东西还能追逐我，我就感到怒火中烧、面颊涨红了。

〔两个人离得很近，面面相觑。

玛丽亚 别担心。我会让您按照自己的意愿去死的。我眼睛瞎了，已经看不见您啦！而且，在这无休无止的悲剧过程中，无论是您母亲还是您，也不过是一闪即逝、遇而复散的面孔。对您，我既不感到仇恨，也不感到同情。我再也不能爱了，也不能鄙视任何人了。（突然双手捂面）其实，事件突发，我来不及痛苦，也来不及反抗。不幸的事件比我更强大。

〔玛尔塔转身朝门口走了几步，又反身朝玛丽亚走来。

玛尔塔 还不够十分强大，因为它能容您流泪。同您永别之前，看来我还有点儿事情可干，我还要令您绝望。

玛丽亚 （恐怖地看着她）噢！离开我，走开，离开我。

玛尔塔 我是要离开您的，这样我也会感到轻松，实在受不了您的爱情和泪水。不过，我去死，绝不能让您继续认为您有道理，认为爱情不是毫无意义的，而刚发生的不过是个偶然事件。要知道，现在我们都在命定的序列中，您必须确信这一点。

玛丽亚 什么序列？

玛尔塔 任何人在其中都没有得到承认的序列。

玛丽亚 （神态失常）这和我又有什么关系，我几乎听不见您的话了。我的心已经撕裂，它只对你们害死的那个人感兴趣。

玛尔塔 （激烈地）住口！我再也不要听到提起他，我鄙视他。他对您已经毫无意义，他进入了永远流放者的苦屋。傻瓜！他有了他想要的东西，找到了他寻觅的人。现在，我们大家都各得其所。要明白，无论是对他还是对我们，无论是生还是死，既没有家园可言，也没有安宁可言。（冷笑）这片幽深的、没有阳光的土地，人进去就成为失明动物的腹中食物，总不能把这种地方称为家园吧！

玛丽亚 （泪水盈眶）噢！天哪，我受不了，我受不了这种语言。他若是听到也会受不了。他本来已经走向另一个家园。

玛尔塔 （已经走到门口，猛然反身）这种荒唐的行为自食恶果，您不久也要自食恶果。（冷笑）跟您说，我们被窃取了。何必大声呼唤那个人呢？何必惊扰心灵？为什么要向大海或爱情呼吁？这实在可笑。您丈夫现在得到了回答，就是我们最终将挤在一起的这座可怕的房子。（仇恨地）您也会了解答案的，到那时如果可能，您就将怀着莫大的乐趣回忆今天，而今天您却自认为进入最凄惨的流放中。要知道，您的痛苦再大，也永远不能同所遭受的不公正相比。最后，听听我的建议。我杀害了您丈夫，就义不容辞，得给您出个主意，对吧？

祈求您的上帝，让他把您变成顽石一样。这是他为自己选择的幸福，也是唯一真正的幸福。您要效仿他，要对所有呼声都充耳不闻，要及时加入顽石的行列。不过，您若是太懦弱，不敢走进这种无声无息的安宁中，那就到我们共同的房子里来会合吧。别了，大姐！这回您明白了，一切都很简单。您应当做出选择，要石头愚顽的幸福，还是要我们期待您去的黏糊的河床。

〔玛尔塔下。玛丽亚刚才痴呆呆地听着，现在她伸出双手，身子摇晃起来。

玛丽亚 （呼喊）噢！上帝呀！我不能在这荒漠中生活！我

正是要对您说呀，我也能想出要说的话。（跪下）对，我完全信赖您。可怜可怜我吧，转过身来看看我吧！听听我的呼声，把手伸给我！天主哇，可怜可怜相爱又分离的人吧！

〔房门开了，老仆人进来。

第四场

老仆人 （声调平淡而坚决地）您叫我吗？

玛丽亚 （转身看他）哦！我不知道！来了就帮帮我吧，我需要人帮助。可怜可怜我吧，千万帮帮我！

老仆人 （同样声调）不行。

——幕落

——剧终

加缪论戏剧

科波①，唯一之师

　　雅克·科波大大惹恼了他同时代的人。读一读关于他的事业，别人是怎么写的，就足以了解这一点。然而，我也不敢断定，到如今他就不会更加令人恼火了。的确，在我们面临的所有问题上，他都表明了立场，而他的立场不大招人喜欢。他所讲的金钱戏剧的那番话，还始终有效，只有这一点除外：这种戏剧的倡导者能力越来越差，而脾气却越来越大，这里冒昧地重复科波的话，就是他们会用报复性的公报来屠杀我们。

　　然而，艺术戏剧的运气也不见得更好些。科波首先推崇的是脚本、风格、美；他同时还肯定地说，一部戏剧作品应当聚拢，而不应当分散，应当将观众聚拢到同一激情中、同一笑声里。多少没有风格的剧本，多少得到赞助而仅有宣传功夫的作品，多少旨在破坏和分裂的举动，今天

---

① 　雅克·科波（1879—1949）：法国作家、演员、剧院经理。他创建了巴黎老鸽棚剧院，改革了戏剧技术，恢复了民众戏剧的传统。

还会觉得这种话讲得太不留情面！

在演员问题上，他当然不同意"间离效果①"。他说道："演员的一切，就是献身。"不错，他随即又补充说："要献身，首先必须拥有自身。"这话有些演员听了反而不舒服，他们认为激情就近乎技巧和演艺，殊不知演艺恰恰能让激情释放出来。科波也要求导演应当慎言慎行。"对演员是激发，而不是面授感情。"总而言之，他让导演躲在演员后面，让演员躲在脚本后面。一句话，颠倒的世界……

不过，我重提这些，也不愿意惹烦了这个家庭，我爱这个家庭的所有成员，甚至爱分歧最大的成员。我们只需记住，科波认为戏剧事业是一种文化现象，世界文化现象，所有的人都能从中找到自我。他知道文化始终受到威胁，戏剧方面尤其如此，受金钱、懦弱、仇恨、政治的威胁，受金融利益或意识形态利益的威胁，因此在这一点上不能妥协。他就没有妥协退让，因而他既令人赞佩，又遭人憎恶，但这只是关系到他个人。同我们相关的，就是他以毫不妥协的精神所做到的事情，这也可以简单概括。在法国戏剧史上，有两个阶段：科波前与科波后。我们应当记住，并且在思想上始终遵从这唯一之师的严厉判断；只有他才能同时被作者、演员和执导所承认。

---

① 间离效果：德国戏剧家布莱希特（1898—1956）提出的戏剧理论，主张在舞台和观众之间制造感情的距离，即观众是旁观者，演员既是表演者，又是裁判。

雅典讲座：关于悲剧的未来

　　一位东方智者在祈祷中总要问，神明能否让他避免生活在令人关注的时代。我们的时代就特别令人关注，也就是说一个悲惨的时代。我们要净化这种种不幸，至少还有我们时代的戏剧吧，或者还能期望会有吧？换言之，现代悲剧可能吗？今天，我正是要向自己提出这个问题。然而，这个问题提得合乎情理吗？是不是像这类问题："我们会有一届好政府吗？"或者："我们的作家能变得谦虚吗？"再如："富人能很快同穷人分享他们的财富吗？"这些问题当然很有趣，但主要是能引人幻想，而不是引人思考。

　　我认为这不一样。我认为恰恰相反，探讨现代悲剧在情理之中，理由有二。第一个理由：悲剧艺术的伟大时期，在历史中处于相交的世纪，处于人民的生活同时承受光荣和危险的重负，现时悲惨而前途未卜的时刻。归根结底，埃斯库罗斯①是两次战争的战士，而莎士比亚也经历了一系列的恐怖事件。此外，他们二人也正赶上文明史中的危险转折期。

我们的确可以注意到，从多利安人②时代一直到原子弹的出现，西方历史这三千年中，只有两个悲剧艺术的时期，而两个时期也都紧紧限定在时空里。第一个是希腊时期，从埃斯库罗斯到欧里庇得斯③，延续了一个世纪，体现出一种非凡的统一性。第二个时期略微长些，在西欧尖角的几个毗邻国家兴盛起来。其实，人们没有给予足够的关注。伊丽莎白时期④戏剧的勃发，黄金世纪的西班牙戏剧，以及十七世纪的法国戏剧，差不多是同时代的。莎士比亚去世的时候，洛贝·德·维加五十四岁，已经将他的大部分剧作搬上了舞台，卡尔德隆和高乃依也都在世。总之，莎士比亚和拉辛相差的年代，并不大于埃斯库罗斯到欧里庇得斯的时间距离。至少，从历史上，我们能够看到，尽管审美观各自不同，这些还是一体的，是一次繁荣昌盛，文艺复兴的繁荣昌盛，始于伊丽莎白时期戏剧所引发的混乱，终于法国悲剧的完美形式。

这两个悲剧时期之间，流逝了将近二十个世纪。在这

---

① 埃斯库罗斯（公元前525—前456）：古希腊悲剧诗人。他曾参加希腊和波斯战争，在马拉松战役中负伤，后来还参加过两次战役。
② 多利安人：印欧种族，公元前2000年末侵入希腊，建立城邦，以征战为事。
③ 欧里庇得斯（公元前485—前406）：古希腊悲剧诗人。
④ 指英国女王伊丽莎白一世（1533—1603）统治时期（1558—1603）。

二十个世纪的过程中，什么也没有，什么也没有，只有可以称为戏剧但不是悲剧的基督教神秘剧，过一会儿我再讲为什么。可以说这两个时期极其特殊，也正是以其特殊才能告诉我们，悲剧表现形式的条件。依我看，这项研究极为有趣，也应当由真正的历史学家严谨而耐心地继续下去。不过，这种研究超出了我的能力，我仅仅想就此陈述一个戏剧人的思考。既从这两个时期，又从当时的悲剧作品来研究这种思想运动，就立刻面对一个恒量。这两个时期的确标明一种过渡，从充满神圣和圣洁概念的宇宙思想形式，过渡到别种形式，即相反由个人主义和理性主义的思想推动的形式。从埃斯库罗斯到欧里庇得斯的运动，大体来说，就是从苏格拉底前的伟大思想家，到苏格拉底本人的运动（苏格拉底鄙视悲剧，对欧里庇得斯来说倒是个例外）。同样，从莎士比亚到高乃依，我们是从还是中世纪的黑暗而有神秘力量的世界，走向由人的意志和理性（拉辛剧中的所有牺牲，几乎都是基于理性的牺牲）肯定并维持的个人价值观世界。总之，这是同一运动，从中世纪狂热的神学到笛卡儿。这种进化，在两种情况中是同一的，尽管在希腊，因其局限在一个地方，就显得更加简单而明了。在思想史中，每一次，个人都是逐渐摆脱一个神圣体，挺立起来，直面恐怖而虔信的旧世界。在作品中，每一次，我们都是从传统悲剧和近乎宗教的仪式，转向心理分析的悲剧。而且每一次，四世纪在希腊，十八世纪在欧洲，人的理性的彻底胜利，都要使悲剧创作枯竭长达几个世纪。

至于我们，能从这种观察中得出什么呢？首先注意到这样一个非常普遍的事实：悲剧时代，每一次似乎都巧遇人的一个进化阶段；人在这种进化中，不管有没有意识到，总在摆脱文明的一种旧形式，处于要同旧形式决裂的状态，但是又没有找到令人满意的新形式。到1955年，我就觉得我们处于这种状态。于是，问题就可以提出来了，要弄清楚内心的惨痛，能否在我们当中找到一种悲剧的表达方式。不过，从欧里庇得斯到莎士比亚，相距两千多年，这么久的沉寂也该提醒我们慎重。悲剧，毕竟是一种珍奇的鲜花，能在我们时代看到它盛开的机会，也是微乎其微的。然而，第二个理由倒还鼓励人考察这种机会。这次我们能够看到，三十年来，确切地说，自从雅克·科波的改革以来，在法国出现一种极为特殊的现象，就是作家又回到一直受制造商和交易商控制的戏剧。作家的介入导致悲剧形式的复活，而悲剧形式的趋向，就是恢复戏剧艺术的真正位置——文学艺术的顶峰。在科波之前（克洛岱尔①除外，但是没人演他的剧），最受青睐的戏剧供品，在我们那儿就是双人床。剧本演出一旦特别成功，这类供品就成倍增长，床铺也如此。总之，这是一种生意，同许多别的生意一样，冒昧地说，一切都按牲口的重量付钱。且看科波就是这样

① 保尔·克洛岱尔（1868—1955）：法国作家、外交家。

讲的:

> 如果要我们起个名称,给激发我们的情感,给推动、压抑和逼迫我们,令我们最终不得不退让的强烈情感,那就叫**愤慨**吧。

> 毫无节制的工业化,日甚一日,越发无耻地毁损我们的法国舞台,使戏剧丧失有文化的观众;大部分剧院,操纵在由商人豢养的一小撮哗众取宠的人手中;媚俗和投机的精神,卑鄙下流,到处都一样,甚至还渗入伟大传统应当拯救几分廉耻的领域;虚张声势,到处也一样,各种各样大言不惭的许诺、各种类型的暴露癖,寄生在这正在死去,甚至名存实亡的艺术上;到处是懦弱、混乱、百无禁忌、无知和愚蠢、对创作者的鄙夷、对美的仇视;创作越来越荒唐和空洞无物,批评越来越不痛不痒,观众的审美观也越来越误入歧途:正是这些令我们愤慨,令我们拍案而起。

自从这一声呐喊,并随之创建了老鸽棚剧院之后,我们那里的戏剧,又逐渐找回它崇高的秘诀,也就是风格,可见我们欠科波的恩情是还不完的。纪德[①]、马尔丹·

---

① 安德烈·纪德(1869—1951):法国作家。

杜·伽尔[1]、季洛杜[2]、蒙泰朗[3]、克洛岱尔，还有许多作家，都给予戏剧盛大的排场和勃勃雄心，这种情况已经消失了一百年了。与此同时，在戏剧方面出现一股探讨的思潮，其中最有意义的产物，就是安托南·阿尔托[4]的出色的书《戏剧及其复制品》，而外国理论家，如戈尔顿·克雷格[5]和阿皮亚[6]的影响所及，都将悲剧放到我们关注的中心。

　　将所有这些观察到的情况放到一起来看，我就可以清楚地界定我要在诸位面前陈述的问题了。我们的时代恰逢文明的一场悲剧，而今天也像从前一样，这场悲剧可能推动悲剧的表现形式。无论在法国还是其他国家，许多作家都同时动起来，力求将时代的悲剧赋予我们的时代。这种梦想顺乎情理吗？这场事业可能成功吗？需要什么条件呢？依我看，对于当作第二生命热爱戏剧的所有的人来说，这就是个现实问题。当然，今天还没有任何人能给予这样断然的回答："条件有利，悲剧水到渠成。"因此，我也仅限于提出几点看法，谈一谈西方文化人的这种巨大希望。

---

[1]　马尔丹·杜·伽尔（1881—1958）：法国小说家、剧作家。

[2]　让·季洛杜（1882—1944）：法国剧作家、小说家。

[3]　亨利·德·蒙泰朗（1896—1972）：法国作家。

[4]　安托南·阿尔托（1896—1948）：法国作家、演员。《戏剧及其复制品》是他的讲演和论文集。

[5]　戈尔顿·克雷格（1872—1966）：英国演员、舞台设计师、戏剧理论家。

[6]　阿道尔夫·阿皮亚（1862—1928）：瑞士导演、戏剧理论家。

首先，什么是悲剧？悲剧的定义，文学史家以及作家本身都十分关切，尽管哪一种提法都没有达到共识。我们不打算解决多少有才智的人面对而犹豫的一个问题，至少可以进行比较，譬如看一看悲剧同正剧或者情节剧到底有什么差异。我认为差异如下：在悲剧中，相互对立的力量都同样合情合理；反之，在情节剧和正剧中，只有一种力量是合法的。换言之，悲剧模棱两可，正剧简单化。在前者中，每种力量都既善又恶，在后者中，一种力量代表善，另一种代表恶（因此，如今的宣传剧，也无非是情节剧死灰复燃）。安提戈涅有道理，但克瑞翁[1]也不错。同样，普罗米修斯既有理又没理，无情压迫他的宙斯也行之有据。情节剧的套路可以概括为"只有一个是合理的，并且情有可原"；而悲剧的格式尤其是"人人都情有可原，谁也不正确"。因此，古代悲剧的合唱队，主要劝人谨慎。只因他们知道，在一定限度上，所有的人都是对的，一个人因盲目或者激情无视这种限度，自投灾难，才使他以为独自拥有的一种权利获胜。古代悲剧的永恒题材，就是这种不能逾越的界限。同样正当的力量，从这条界限的两侧相遭遇，发生持续不断的惊心动魄的冲突。看错这条界限，想要打

---

① 安提戈涅和克瑞翁，是古希腊悲剧作家索福克勒斯的悲剧《安提戈涅》中相冲突的人物。这部悲剧约创作于公元前442年。意大利作家阿尔菲耶里、法国剧作家阿努依，分别于1783年和1944年创作了同一题材的同名悲剧。

破这种平衡，就意味着自掘坟墓。同样，在《麦克白》[1]和《费德尔》[2]（尽管不如古希腊悲剧那么纯）中，也还会发现这种不能逾越界限的思想，一旦超越，不是丧命就是大难临头。最后还要解释，理想的正剧，如浪漫派戏剧，为什么首先是情节发展，只因正剧表现善同恶的斗争，表现这种斗争的曲折；而理想的悲剧，尤其是希腊悲剧，首先是紧张气氛，只因两种强大的力量势均力敌，每种力量都有善与恶两副面具。自不待言，在正剧和悲剧的这两种极端典型之间，戏剧文学还提供各种各样的作品。

不过，单从纯粹的形式来讲，例如在古代悲剧中，两种冲突的力量是什么呢？如果举《被缚的普罗米修斯》[3]作为这种悲剧的典型，那么就可以说，一方面是人及其强大的渴望；另一方面是反映在世间的神的原则。人出于自尊（甚或像埃阿斯[4]那样因为愚蠢），不满开始体现在一尊神上或社会中的一种神圣秩序，那么就有悲剧。这种反抗越是合理，这种秩序越是必不可少，悲剧的规模也就越大。

因此，悲剧内在的一切，都趋向于打破这种平衡，从而毁掉悲剧本身。如果神圣的秩序根本不容任何异议，只允许过错和悔悟，那也没有悲剧，只能有神秘剧或寓言剧，

---

① 《麦克白》：莎士比亚创作于1605年的悲剧。
② 《费德尔》：拉辛创作于1677年的悲剧。
③ 《被缚的普罗米修斯》：埃斯库罗斯的《普罗米修斯》三部曲之一。
④ 埃阿斯：希腊神话人物，特洛伊战争中的希腊英雄。

或如西班牙人所说的，信德或圣事的行为，即在演出中，庄严地宣告唯一的真理。这样，倒可能产生宗教正剧，但不会有宗教悲剧。这就不难理解，悲剧为什么一直沉默到文艺复兴。基督教将整个宇宙、人和世界都纳入神的秩序。这样，在人和神的原则之间，也就不存在紧张的关系了，只是在迫不得已时，才有无知以及困难：难将人同肉体剥离，难于放弃情欲而独奉宗教的真理。在历史上，也许只存在唯一的一出基督教悲剧。这出悲剧在骷髅地演出，只持续不易觉察的一瞬间，在发出"我的上帝，你为什么抛弃我"的时刻。这瞬间的怀疑，仅此怀疑，就使一种悲剧环境的暧昧永存了。继而，基督的神性就不容置疑了。每天为这种神性所做的弥撒，是西方宗教戏剧的真正形式。它只有重复，没有创造。

反之，一切解放个人，将世界置于纯粹人的法律之下的东西，尤其是否定生存的神秘论，这一切重又摧毁了悲剧。无神论和理性主义的悲剧，也同样不可能。如果一切皆神秘，便没有悲剧；如果一切皆理性，同样没有悲剧。悲剧诞生于黑暗和光明之间，是两者相对立的产物，这是可以理解的。其实，在宗教的或不信神的戏剧中，这问题事先就解决了。在理想悲剧中则相反，问题并没有解决。主人公奋起反抗，否定压迫他的秩序，而神权通过压迫，越遭否定越要自我表现。换言之，仅有反抗，不足以成悲剧；同样，仅表现神的秩序，也不足以成悲剧。反抗和秩序，两者必须并存，彼此支撑，相互借力。没有神谕的命运，也就没有俄狄浦斯。然而，如果俄狄浦斯不反抗，听天由命，那么命运也不会必然造成全部恶果。

如果悲剧结束时，人物死去或者受到惩罚，那就有必要指出，受到惩罚的不是罪恶本身，而是人物否认平衡和紧张的那种盲目性。当然，这里是指理想悲剧的氛围。拿埃斯库罗斯来讲，他始终靠近悲剧的宗教和神的发端，在他三部曲的终篇，还是宽恕了普罗米修斯[1]；欧墨尼得斯替代了厄里倪厄斯[2]。但是，在索福克勒斯的作品中，大部分时间平衡是绝对的，正是在这方面，他是历代的最伟大的悲剧作家。欧里庇得斯则相反，他将压偏悲剧的天平偏向个人和心理分析一边。他从而宣告了个人主义的戏剧，即悲剧的衰落。同样，莎士比亚的伟大悲剧，还扎根于一种天大的神秘中：狂热的个人的行为，遇到了无形的抵制；高乃依则不然，他让个人伦理占上风，并以其完美宣告一种体裁的结束。

因此，有人这样写道：悲剧在极端虚无主义和无限的希望之间摇摆。依我看，这话再准确不过了。主人公否认打击他的秩序，而神的秩序因被否认就越要打击。两者就在存在遭到质疑的当儿，彼此都表明自己的存在。合唱队从中得到教训，即有一种秩序，这种秩序也许是令人痛苦

---

[1] 三部曲中另两篇已失传，名为《获释的普罗米修斯》《执火者普罗米修斯》。
[2] 欧墨尼得斯、厄里倪厄斯均为希腊神话中的复仇女神。

的，但是不承认它的存在，情况还要糟糕。唯一的净化，就是什么也不否认，什么也不排斥，接受生存的神秘性、人的局限性，总之，接受人们知其然，而不知其所以然的这种秩序。"一切都好。"俄狄浦斯抠瞎了双眼，当时就这样说。他知道此后再也看不见了；他的黑夜就是一种光明，在眼睛死去的这张面孔上，闪耀着悲剧世界的最大忠告。

从这些观察中，能得出什么来呢？一个建议和工作的一种假设，仅此而已。看来悲剧每次在西方诞生，文明的时针的确总指向神性社会和人性社会之间的等距离点。两度出现这种情况，间隔两千年，现在我们又碰到这种冲突，一个还按照神的意义解释的世界，同已经具有自己特点的人，即有能力提出异议的人发生的冲突。在前两次情况中，人表现得越来越突出，逐渐打破了平衡，结果悲剧精神就沉默了。尼采指责苏格拉底充当了古代悲剧的掘墓人，这样讲在一定程度上是有道理的。准确说来，笛卡儿标志着诞生于文艺复兴时期的悲剧运动的终结。在文艺复兴时期，改革、发现新大陆的事件，以及科学精神的兴旺，实际上是把传统的基督教世界推上被告席。人渐渐挺立起来，反对圣物和命运。莎士比亚就抛出他那些满怀激情的人物，去冲击世间既糟糕又正当的秩序。死亡和怜悯侵入舞台，悲剧的具有决定性的话语重又响起来："我的绝望生育一种更高的生活。"继而，天平重又倾向另一边，拉辛和法兰西悲剧，在一种室内乐的完善中，渐趋完结了悲剧运动。由笛卡儿和科学精神武装起来的理性取得了胜利，接着就高呼人权，将舞台扫荡一空：悲剧跑到大街上，上了革命的血腥的舞台。浪漫主义不会写出任何悲剧，只创作正剧，其中唯有克莱斯特①和席勒②的剧作，接近真正的伟大。人唯我独尊，除了面对自身，再也没有任何抗拒的力量了。人不再是悲剧人物，而成为冒险家；正剧和小说描绘人，将胜过任何别种艺术，悲剧精神就这样消失。直至今日，就连惨绝人寰的战争，也没有唤起任何悲剧诗人。

究竟什么还能在我们中间激发悲剧复兴的希望呢？如果我们的假设还成立的话，我们这种希望的唯一理由，就是个人主义今天发生了明显变化，在历史的压力下，人逐渐承认了自己的局限。十八世纪的人以为，能运用理性和科学控制并改造世界，而这世界也的确成形，但是成为可怖的形态。这是历史的世界，既合理又无限度，而且无度到如此地步，历史便戴上命运的面具。人怀疑能否控制历史，也只能进行斗争，真是有趣的反常现象。人类从前拿起武器，摈弃了天命；又以同样的武器，给自己制造出一种敌对的命运。人造出了一尊神：人的统治，然后又转而反对这尊神了。人处于不满的状态，既是斗士，又不知所措，既怀着绝对的希望，又持彻底怀疑的态度，因而生活

① 海因里希·冯·克莱斯特（1777—1811）：德国剧作家、小说家。
② 约翰·克里斯托弗·弗里德里希·冯·席勒（1759—1805）：德国戏剧家、诗人、文学理论家。

在悲剧的氛围中。这也许表明悲剧要重新诞生了。今天的人，高呼反抗，却知道这种反抗具有局限性；要求自由，也肯接受不可避免的后果，而这种矛盾的、被撕裂的人，从此意识到人及其历史的含混性，这样的人便是出色的悲剧人物。这样的人也许是他自身悲剧的公式：这悲剧的公式，将在"一切都好"的那天得出来。

以法国为例，我们在戏剧复兴中所能观察到的，恰恰是朝这个方向的一些探索。我们的剧作家在寻找一种悲剧的语言，因为没有语言便不成悲剧，而这种语言难就难在，它必须反映悲剧环境的矛盾，它既是圣事的，又是世俗的，既野蛮又深奥，既神秘又明了，既高傲又可怜。我们的作者在寻找这种语言时，就本能地转向根源，即我所讲的悲剧时代。我们看到，希腊悲剧就这样在我们那里再生了，但只限于极具个性的头脑可能想出的形式。这些形式是矫揉造作的文学嘲弄或移位，唯独滑稽占人的主导地位。纪德的《俄狄浦斯》和季洛杜的《特洛伊战争》[①]，是这种态度向我们提供的两个好事例。

（朗诵剧本段落）

有人也可能注意到，在法国，有人力图将圣物重新搬上舞台，这是合乎逻辑的。不过，为此必须召唤圣事的古

---

① 《特洛伊战争》：1935年发表，全名为《特洛伊战争将不会发生》。

老形象，而现代悲剧的问题在于再创造一个新的圣事。我们所看到的，或者像此时在巴黎演得很火的，蒙泰朗的《王港修女院》，是在风格与情感上的一种模仿：

（朗诵剧本段落）

或者像出色的《正午的分界》①那样，是一种真正的基督教情感的再现：

（朗诵剧本段落）

然而，我们在这里看到，宗教剧为何不是悲剧：它不是人和世界的冲突剧，而是放弃做人的戏剧。在一定意义上，克洛岱尔皈依前的作品，如《金头》或《城市》，对我们所关心的问题更有意义。但是，不管怎样，宗教剧始终先于悲剧作品，在一定程度上宣告悲剧。说来并不奇怪，不讲悲剧情境，风格已具明显特点的剧作，要算亨利·德·蒙泰朗的《圣地亚哥骑士团团长》，我想给大家念主要的两场戏。

（朗诵）

依我看，从这样一部作品中，我们能感到一种真正的紧张气氛，尽管有点空泛，尤其个性很强。但是我觉得，悲剧语言在剧中形成了，比剧本本身向我们表述的东西还要多。不管怎样，我举几个突出的例子，试图向诸位介绍的论著和研究，如果还不能让我们确认悲剧的复兴是可能

---

① 《正午的分界》：克洛岱尔1905年发表的剧本。

的，至少也给我们留下这种希望。余下来要走的路，首先
要由我们的协会亲自穿越，以寻求自由和必然的一种综合；
其次要由我们每人走一趟，以便在我们身上保存反抗的力
量，又不放任我们的否定能力。以此为代价，在我们时代
逐渐成形的悲剧敏感性就将发展起来，找到它的表达方式。
这样讲就足够了：真正的现代悲剧，是我不会在这里给你
们念的悲剧，因为它还不存在。它需要我们的耐心和一位
天才，才能够诞生。

刚才我只不过让大家感到，今天在法国戏剧艺术中，
存在一片悲剧星云，而在这星云里，正在凝结成一些内核。
一阵宇宙的风暴，自然也能扫荡这片星云，连同未来的星
球扫荡一空。但是，如果这场运动能顶住时间的暴风雨，
持续下去，那么这些希望就将开花结果，西方也许能经历
一场悲剧的复兴。毫无疑问，这场复兴正在所有国家酝酿。
然而我要说，应当在法国才能看到这种复兴的先兆，我这
样讲并不带民族主义的情绪（我十分热爱自己的家园，不
可能成为民族主义者）。在法国，不错，可我也讲得相当明
白，想必诸位与我同样确信，典范以及永不枯竭的源泉，
对我们来说依然是希腊的艺术之神。为了同时向你们表达
这种希望和双重的谢意：首先是法国作家感谢共同的祖国
希腊，其次是我本人感谢这种接待，我想别无更好的办法，
只能在结束最后这场讲座时，向你们念一段保尔·克洛岱

尔的移植之作[1]；他对埃斯库罗斯的《阿伽门农》的移植，虽不规范，却绝妙而高超，我们两种语言在新作中相互转化，融为一种奇特而富有魅力的话语。

（朗诵剧本）

1955年

---

[1] 保尔·克洛岱尔于1895年至1909年被派到中国当外交官，在此期间翻译了埃斯库罗斯的《阿伽门农》。

答记者问

一

阿尔贝·加缪：一位作者，假如不在舞台上同演员一起排练，他就不大可能找到这种"演出"脚本；这种脚本直接表明人物，同时也带动演员。

问：然而，您并没有剧院……

答：我想找一个，不过怕是很难。我的剧团倒是组建了，我称它为我的"活动小剧场"。是由我喜爱的演员组成的，因为他们没有受电影的恶劣影响，被做作的自然给毁了。这些朋友不满足于扮演一个角色，而要在谈话和研究过程中，和我们一起塑造人物。一个默契的协约将我们捆在一起，但仅仅约束我一个人，他们都是自由的，可以到别处继续演艺活动，只不过尽量优先响应我的召唤而已。

等到一切就绪（一出戏，我通常打出一两年的工作时间），问题就剩下找到剧院了……

我无论对内室还是广告牌，都不感兴趣。必须结束只能作为一个阶段的小玩意儿。我们时代的戏剧是一种冲突戏，具有世界的规模，在戏中生活要挣扎，要为更大的自由而斗争，反对最残酷的命运和人本身。

问：那么莎士比亚呢？

答：提得正好。我主张悲剧，而不主张情节剧，主张全部投入，而不主张批评态度。认同莎士比亚和西班牙戏剧，不认同布莱希特。

问：然而，您从未将莎士比亚的剧作搬上舞台吧？

答：我翻译了《奥赛罗》，但是，我始终未敢将它搬上舞台。在戏剧方面，我还刚刚要拿中学文凭……而莎士比亚，已经通过了教师资格的考试①！

问：最后一个问题：您的戏剧活动，不是要影响您的文学创作吗？

答：我担心了一阵，但是现在不再担心了……喏，有些事情我是很怀念的，例如在抵抗运动中，或战斗报社里

---

① 在法国，教师资格考试被认为是最难的、最有水平的考试。

存在的那种同志关系。那一切已很遥远！不过，我在剧团中又找见我所需要的这种友谊以及这种集体冒险，这些还是避免独来独往的最有益的一种方式。

《答法兰西晚报记者问》

1958年

二

问：您在戏剧上，第一次激动的事儿是什么？是一场演出、一次广播，还是念剧本？

答：想不起来了。肯定不是演出：阿尔及尔那时没有剧院；也不是广播：我没有电台。然而，老鸽棚剧院的故事、科波写的文章，引起我的兴趣，继而又激发我投身戏剧的强烈渴望。就在科波的影响下，我在阿尔及尔创建了"队友"剧团，依靠剧团本身的人力物力，重演了他的一部分剧目。我一直这样想，我们还欠科波一笔债：法国戏剧改革，而这笔债是还不完的。

问：让您动心，决定投身戏剧的，是这同一件事，还是另外一件事？

答：促使我创建这个剧团的，正是考虑到阿尔及尔是一片戏剧的撒哈拉沙漠。既然看不到我喜爱的戏剧，我就干脆决定演戏。就这样，我排演了马尔罗①的《轻蔑的时代》，本·琼森②的《沉默的女人》，高尔基的《底层》，普希金的《唐·璜》，费尔南多·德·哈拉斯③的《则肋司定会修女》，埃斯库罗斯的《被缚的普罗米修斯》，纪德的《浪子归来》④，陀思妥耶夫斯基的《卡拉马佐夫兄弟》，我翻译了《奥赛罗》（因为我当时认为，现在还一直认为，莎士比亚的译者在翻译时，从不考虑演员、朗诵和演出）。我们正排练时，战争就爆发了。这是另一出喜剧。"队友"剧团解散。但是，由此却产生了选择戏剧事业的志向。我们两位优秀的巴黎演员，若望·内格罗尼和保罗·舍瓦利埃，就是在"队友"剧团开始他们的生涯的。

问：你们是怎么做起来的？事情是怎么开展起来的？

答：友谊。一些大学生、一些工人、一些运动伙伴。第一笔经费是阿尔及尔文化馆提供的，当时我负责文化馆工作。接着便是一般演出。什么都是我们自己动手干，从改编剧本，一直到制作服装和布景。三个月忙碌，两个月排练，只为演两场，真叫人难以置信！

---

① 安德烈·马尔罗（1901—1976）：法国小说家、艺术理论家、政治家。《轻蔑的时代》是他1935年创作的中篇小说，反映德国共产党反对法西斯的斗争。
② 本·琼森（1572—1637）：英国文艺复兴时期的剧作家。
③ 费尔南多·德·哈拉斯（1465—1541）：西班牙作家。
④ 《浪子归来》：纪德于1907年发表的作品。

问：您演了哪些剧、哪些角色？哪些您格外喜欢？为什么？

答：扮演过《吝啬鬼》中的瓦赖尔、《沉默的女人》中的德莱普里、《底层》中的偷儿、《则肋司定会修女》中的卡利斯特、《浪子归来》中的浪子，等等，还有伊万·卡拉马佐夫。战争爆发时，我正排练伊阿古①。我最喜爱的角色是伊万·卡拉马佐夫。也许我演得不好，但我似乎完全理解了。演出时，我是直接表达的。而且，这也是我的行当。有机会，我也喜欢扮演阿尔赛斯特②。哈！我还演过强盗呢。对，这一切也是一种行当。我"扮演"的最后一个角色，是《修女安魂曲》中的州长，还是为了救场。

问：是什么促使您为戏剧写作的？您特别愿意作为剧作家来表达自己的思想吗？

答：我为戏剧写作，是因为我演出，还要执导。后来，我明白了正由于困难重重，戏剧才堪称各文体的上乘。我并不想表达什么，只是创造角色，创造激情，创造悲剧。接下来，我着重思考了现代悲剧问题。《误会》《戒严》《正义者》全是尝试之作，每次走不同的道路，取不同的风格，以便靠近这种现代悲剧。

---

① 伊阿古：奥赛罗的旗官。
② 阿尔赛斯特：莫里哀的剧作《恨世者》中的主人公。

问：您怎么想到改编《轻蔑的时代》呢？当时您想做什么？您以为做到了什么？

答：坦率地讲，我首先要搞行动剧，照搬的形式。后来明白，这条路不对。总之，我的起点，正是今天有人让我们终止之处。不过，《轻蔑的时代》是一次有意义的尝试。再说，我喜爱这本书……

问：有一天您说过："戏剧会成为我的修道院。"这种想法，您能否发挥一下，谈一谈戏剧在您的思想，在您的生活中所占的位置吗？

答：戏剧工作将您从世上劫走。一种专一的激情将您同一切隔绝，这就是我所说的修道院。除了文学，这种激情处于我生活的中心。现在，我就更加明确了。

问：a）您在阿尔及尔执导了哪些剧？

b）在法国昂热市演出的《信奉十字架》，是您执导的第一出剧吗？

答：a）我已经对您说过了。

b）《信奉十字架》在昂热，是由在病榻上的埃朗和我导演的。《闹鬼》就完全是我负责的了。不过应当说，我总是积极参与我自己剧本的导演事务。此外，我导演了十二部剧作。

问：《信奉十字架》和《闹鬼》之后，为什么沉默一段时间，您是等待《修女安魂曲》才又回到戏剧上来的吗？

答：很长一段时间，我都担心排戏要妨碍我写作。现在不担心了。

问：您怎么想到改编《修女安魂曲》呢？

答：有人向我推荐，我接受了。

问：是谁为昂热戏剧节选择《奥尔梅多骑士》这个剧目的呢？

答：昂热戏剧节的节目单，是我选定的。我喜爱《奥尔梅多骑士》，而且，我也很想介绍西班牙的伟大戏剧，法国不大了解，因为翻译得少，或者译得很糟。至于我个人的作用，我改编《修女安魂曲》的时候，就决定了完全由我来执导。只要有人建议，我还会做下去。然而，我还是希望有自己的一种戏剧。戏剧是什么样子，演员应该怎么做，我都有想法，非常明确。我希望让我的构想成为活生生的现实。

问：您今天如何看待《卡利古拉》？您导演时改动了吗？在您看来它变了吗？

答：在《卡利古拉》中，有些东西我喜欢，另一些我不喜欢。我改动也是让它适于在昂热的演出，但是照一贯的做法，要符合我所拥有的舞台和演员。

问：在您的戏剧中，您把《正义者》放在什么位置？同样，《戒严》放在什么位置？您会同意这些剧重新搬上舞台吗？您还会进行修改吗？

答：我倒是希望再把《正义者》搬上舞台，今天它更具有现实性。我也希望看到《戒严》在露天演出。《正义者》我什么也不会改动，除了每个新的演出周期所改动的。《戒严》有好几处倒可以改一改。

问：您作为剧作家，现在手头正在写剧本吗？

答：眼下，我的兴趣放在一部改编剧上，改编陀思妥耶夫斯基的《群魔》。

问：哪些作者的作品，您希望搬上舞台？

答：莎士比亚、埃斯库罗斯、陀思妥耶夫斯基、西班牙大戏剧作家、莫里哀和高乃依，拉辛晚一点儿，现代作者，每次只要有可能。

问：哪些演员和布景设计者，您愿意用呢？

答：同我一起干过的人，还有其他我希望能同我一道工作的人。

问：您能不能指出，在您的戏剧生涯中，有哪些连接点？

答：战争和战后一段时间，有那么几年，我从事新闻工作，与戏剧这一行脱离了。不过，我又回来了，而且在我的印象中，就从来没有离开过，即使在那段时间，我也在考虑戏剧问题。

问：在这个领域，在您看来，您的成功之法、不利方面是什么？

答：我认为，我善于向演员解释我对他们的期待，因为我知道他们面对的问题是什么，尤其是神态和动作问题，也就是我说的入戏。再者，我能根据演出修改脚本，也能根据脚本进行排练。总之，身兼作者、演员和导演，这是很有利的条件。我的真正的不利方面，就是对一些演员，我太容易气馁。我也没有很好研究过材料、事物等方面的问题。

问：您最大的满足感，是从哪儿得到的？

答：从演员身上，从主演身上，主演是一场戏的原则和灵魂。看到一名演员进入角色，同角色融为一体，听他讲话的声音，和我们在看脚本时的孤寂中听到的声音相同，这是在这一行里所能碰到的最大快事。我已经多次得到这种快乐。对于给我这种快乐的男女演员，我始终怀着深切的感激之情。

问：在排戏中，您喜欢工作在什么样的气氛里？

答：友谊以及完全忠实于排演的剧。排演一场戏，就是数人结婚，一起生活数月，然后才能离婚。然而在此期间，不能有通奸的行为。

问：敏感、本能和智力，在戏剧中哪一个占主导地位？

答：三者并立，哪一个也不应该起主导作用。一段伟事，由一些个体讲述，这就是戏剧。而这要求所有的能力参与并集中，达到极度的紧张。

问：您有什么计划？怎么还迟迟不讲出来？

答：拥有一家舞台方便的剧院。在这剧院演出的当今戏剧，既不是内室剧，也不是广告剧。这剧院也同样不是个受人庇护的舞台，不是作为说教或宣传政治的舞台。它不是仇恨的学派，而是聚会的场所。但是我们要做到，将伟大的事件搬上舞台，让所有的人看到自己的影子，让豪迈同绝望搏斗，像任何真正的悲剧那样，让那些同样有理又同样不幸的力量相冲突，总之，让怀着希望而又痛苦的这颗真正时代的心在我们的舞台上跳动。

然而，这就意味着一种演员的风格，即摆脱由电影发端、服从集体（也就是一种学派和一个剧团）演艺的那种虚假的自然，还意味着有一些作家，有一种精心研究的舞台艺术，有一个能够张开臂膀、施展才华、显示身体及其美感的舞台，能够找回那种"合比例的过度"，而这种特点在我看来，正是戏剧姿态和激情的真貌。如果能找到一家剧院，我相信至少要尽力把这条路的周围清扫干净。

《答巴黎戏剧报记者问》

1958年

我为什么搞戏剧①?

怎么回事儿？我为什么搞戏剧？是啊，我也常想这个问题。迄今为止，我想出的唯一答案，在你们听来可能平常得令人失望：只因为舞台是一个我感到幸福的场所。不过要注意，这种考虑也不见得那么平常。在今天，乐事是一种独特的活动，证据就是人们行乐总要躲躲藏藏，偷着去看一种粉色芭蕾，说出来不好意思。在这方面，大家都达成共识！我有时读到一些严厉的文章，指出一些活动家放弃一切公共活动，逃往或者躲进私生活中。这种逃避的看法，带有几分鄙视，不是吗？鄙视，还有愚蠢，两者形影不离。其实，据我所知，情况正相反，更多的人逃进公共生活中，以便躲避私生活。强人往往是幸福的失败者：这表明他们缺乏温情。我谈到哪里了？对，幸福。是啊，如今追求幸福，就跟追求公共权利的罪恶一样：永远不要

---

① 电视谈话"大纲"（1959年5月12日），节选发表在《东部喜剧联络公报》上。

承认。不要天真地这样讲"我幸福"，而不想其害处。您马上就会看到，周围的人纷纷翘起嘴唇谴责您："哼！您幸福，我的小伙子！跟我说说，您怎么对待克什米尔那些孤儿，怎么对待新赫布里底①的那些麻风病人呢？他们可不是像您说的那么幸福。"哦，对，怎么对待麻风病人？拿我们的朋友尤奈斯库②的话说，怎么摆脱掉呢？于是，我们很快就满脸乌云了。然而，我还是认为，人只有强壮和幸福，才能更好地帮助遭遇不幸的人。自己生活艰难，让生活担子压垮，就不可能帮助任何人。

反之，能主宰自己，主宰自己生活的人，才能真正慷慨仗义，有效地给予。对了，我认识一个男人，他不爱妻子，为此痛苦不堪。有一天他决定，将一生献给他妻子，总之作为补偿，决定为她献身。嘿！可怜的女人，直到那时，她的生活本来还可以忍受，可是从那天起，生活反而变成名副其实的地狱。大家明白，她丈夫那种献身有目共睹，那种忠诚也惹人议论。如今，有些人就是这样，他们越不爱人类，却越要为人类献身了。这些眉头不展的情人，总之结婚是求最坏的结果，从来不求最好的前景。讲了这一点大家就不会奇怪，世人总是阴沉着面孔，难得表露出幸福的神情，唉！尤其身为作者。可是，我个人就尽量不受这种影响，对幸福和幸福的人，保持尊敬的态度，而且

① 新赫布里底：太平洋岛屿，现称瓦努阿图。
② 尤金·尤奈斯库（1912—1994）：罗马尼亚裔的法国作家。

不管怎样，从卫生健康考虑，我也力求尽可能待在我感到幸福的一个地方，即我所指的戏剧。这种幸福不同于其他的一些幸福，持续了二十多年了，况且，即便我愿意，我认为自己也离不开了。在1936年，我组建一个不幸者的剧团，在阿尔及尔的一个大众舞厅演戏，剧目从马尔罗、埃斯库罗斯，一直到陀思妥耶夫斯基的作品。二十三年后，我将陀思妥耶夫斯基的《群魔》改编成剧本，搬上安托万剧院的舞台，这种忠诚实在罕见，或者说中毒时间居然这么久，连我本人也感到诧异，不禁叩问自己，这种固执的品德或者恶习，究竟基于什么原因？我想出了两类：一类与我的天性相关，另一类与戏剧的性质相关。

我的头一个理由，我承认极不堂皇，就是通过戏剧，我要逃避在作家生涯中令我厌烦的东西。首先逃避我要称为的无聊的壅塞。假如您叫菲尔南代尔、布里吉特、巴尔多、阿里·汗，或者重要性差点儿，叫保尔·瓦莱里①。在这种情况下，您的名字要登在报刊上。您的大名一旦出现在报刊上，壅塞就开始了。邮件蜂拥而至，邀请函雪片似的飞来，必须答复：您的大部分时间，都忙于拒绝浪费自己的时间。人的一半精力，就是这样用来说不，只是方式各有不同。这不蠢吗？当然蠢了。然而，我们的虚荣心，也正是这样受到虚荣的惩罚。反之，我却注意到，人人都

---

① 除了诗人保尔·瓦莱里，其余均为演艺圈的明星。

尊重戏剧工作，尽管戏剧也是一种虚浮的行业，我也注意到只要一宣布正在排练，别人都知趣地避开，您周围很快就变成一片荒漠。人若是机灵一些，就像我的做法那样，排练一整天，还占用夜晚一部分时间，坦率地讲，简直就是天堂了。从这个角度来说，戏剧就是我的修道院。世间的喧嚣躁动，到它的围墙脚下便止息了，而在这神圣的场所里，一群勤奋的修士摆脱了这个世纪，集中考虑一个问题，转向一个目的，在两个月期间，准备一场弥撒，等到哪天晚上，就首次举行仪式。

好吧，谈谈这些修士吧，我是指搞戏剧的人。这个词儿令您吃惊吗？一种专业化的或者专业新闻刊物，我也说不清了，也许会帮助您想象出，戏剧人好比一群畜生，睡得晚而离婚早！说起来，我肯定要让您失望，其实戏剧平常得很，比起纺织业、制糖业，或者新闻界，离婚率还要低呢。只不过一出这种事，人们就要大谈特谈。这么说吧，我们的萨拉·贝因哈特①的感情，肯定比布萨克先生的感情更令公众关心。总之，这是可以理解的。不管怎样，干舞台这行，体力和呼吸器官都要顶得住，在一定程度上，需要体型非常匀称的强壮的人。干这一行身体特别重要，这倒不是因为要耗在放荡的行为上，至少也不比别的行业

---

① 萨拉·贝因哈特（1844—1923）：法国著名女演员，这里泛指女明星。

更放荡，而是因为演员必须保持健壮，也就是说必须爱惜身体。总之，他们生活检点是行业需要，这也许是生活保持检点的唯一方法。不过，我离题了。我的意思是，生活不管检点不检点，比起我那些知识分子的弟兄来，我更喜欢剧团这帮人。这不仅仅是众所周知的原因：知识分子难得有可爱的，他们之间也不能互敬互爱。而且在知识分子圈子里，也不知为什么，我总觉得有点儿什么事儿，必须求得别人原谅。我不时就产生这种感觉，自己又违反了圈子里的一条规则。自不待言，这就夺走了我的本性，而丧失本性，我自己也烦恼。反之，在舞台上，我就很自然，也就是说，我不用考虑自然还是不自然，只在一个共同的行动中，我与合作者同忧同喜。我想，这就是所谓的友情，这是我生活的一种最大的乐趣，我在离开我们合伙办的报纸的时期丧失了，一回到舞台就又重新找到了。您瞧，一位作家独自工作，在孤寂中接受别人的品评，尤其要在孤寂中自我评价。这不好，也不正常。如果他是体质正常的人，那么总有一定的时候，他需要人的面孔，需要一个集体的温暖。也正是基于这种缘故，作家才承担了大部分义务：婚姻、学院、政治。其实，这些办法什么问题也解决不了。刚一丧失孤寂的状态就开始遗憾了，总想舒服的生活和伟大的追求兼得，要进入学士院，同时又依然我行我素。而那些投身政治的人，只希望别人代替他们行动和杀人，自己则保留说这根本不好的权利。请相信我，今天的艺术家生涯，并不是一份闲差使。

不管怎样，对我而言，戏剧向我提供了我所需要的共同体，提供了任何人和任何思想都需要的物质奴役和限制。在孤寂中，艺术家统治，但是统治虚无。在舞台上，他不能统治，他想要做的事情取决于别人。导演需要演员，演员也需要导演。这种相互依赖的关系，一旦被人怀着适当的谦虚和愉快的心情承认了，就能奠定同心同德的基础，组成一个天天讲友情的团体。在这里，我们所有的人都捆在一起，但是谁也没有失去，或者基本上没有失去自由，难道这不是未来社会的一个好模式吗?

唔！还要统一一下认识！演员作为人，也同任何人一样令人失望，导演也不例外，尤其是因为人们有时不由自主地非常喜爱他们。然而，失望如果真有的话，那也往往发生在工作期间之后，每人回到孤独的自然状态的时候。在这行里，逻辑性并不很强，因此，人们同样可以肯定地说，失败能毁掉剧团，成功也能毁掉剧团。其实不然，毁掉剧团的，是希望结束了，因为在排练中，正是希望使他们抱成一团。须知这个集体靠得这么紧，是由于接近了目的和赌局的结果。一个党派、一场运动、一座教堂，也都是共同体，只是它们所追求的目标隐没在未来的黑夜中。剧团则相反，工作的结果，不管是苦是甜，总会早早就知道是在哪天晚上收获，而且干一天就靠近一步。共同的冒险，大家都知道的风险，能使一些男女组成一支团队，一致走向唯一的目标，到了久久等待、最终开局的那天晚上，能表现得最优秀，也最卓越。

文艺复兴时期的建筑团体、集体画室，一定体会过排练大型节目的人所感到的这种狂热。但还应该补充一点，建筑物存在于世，而演出却要消失，正因为这成果死期已定，就更受到它的工人的喜爱。至于我，在青年时代，仅仅在运动队里，体会过这种强烈感觉，希望和团结一致伴随漫长时日的训练，一直到比赛输赢的那一天。足球场和舞台始终是我的真正大学，老实说，我的一点点儿精神，就是在那里学到的。

不过，如果停留在个案的考虑上，我应当补充一点，戏剧也帮我逃脱威胁任何作家的那种空洞无物。我在报社工作时期，喜爱在印刷版台上拼版，胜过撰写人们所称社论的那种说教文。同样，我在戏院里，喜欢让作品扎根于照明灯、门窗布景、幕布和杂物中。不知道是谁说过，要想导演好一场戏，双臂必须掂量过布景有多重。这是艺术的一个大规则，我也喜爱这行业，它迫使我同时重视人物的心理活动、一盏灯或一盆天竺葵的位置、一块布的纹理以及舞台上空悬吊装置的重量和大小。我的朋友马约在绘制《群魔》的布景时，我们就想到了一处：必须从制作的布景开始，要有分量的一间客厅、家具，总之是真的，然后景深逐渐延向高区，减少实物，是绘出的布景了。就这样，一个房间从真景实物起始，以虚幻截止。难道这不正是艺术的定义吗？不是纯真实，也不是纯想象，而是始于真实的想象。

为什么我肯在戏剧上花时间，而执意谢绝城中的晚宴以及我感到无聊的社交圈子的邀请，我觉得这些个人理由足以说明了。这是作为人的理由，还有作为艺术家的理由，也就是说更加不可思议。首先我认为舞台是表现真相的场所。不错，一般人说那是幻想的场所。绝不要相信这种说法。倒不如说，社会是靠幻想生活的，您在舞台上所碰到的蹩脚演员，肯定不如城里那么多。不管怎样，试试看，在我们的客厅里、我们的行政机关，或者干脆在我们的彩排厅里，找一个非职业演员，让他到这舞台上，就在这地方，再将四千瓦的照明灯射到他身上，那就再也做不成戏了。您会看到，在真实之光的照耀下，他以某种方式完全裸露了。对，舞台的灯光是无情的，世间什么办法都无济于事，无论男人还是女人，一到这六十米见方的舞台上，走路或者说话，就必然以自己的方式忏悔，不管怎么装扮，也必然讲出自己的真实身份。在生活中，我认识很久，又很熟悉的人，只有他们给我面子，肯同我一起排练和扮演另一个世纪、另一类人物，我才能完全确信，真正彻底地了解他们了。有人喜爱窥视心灵的秘密和被人掩饰的真相，他们就应该到这里来，他们的难以餍足的好奇心，就有可

能填满一部分。对，请相信我，要生活在真实当中，那就
演戏吧！

有人时常对我说："您在生活中，如何调解戏剧和文学
呢？"老实说，我从事过许多行业，为生活所迫，或者出于
兴趣爱好，应当说，我还是处理好了这些行业与文学的关
系，既然我还一直是个作家。我甚至有这种感觉，我一旦
同意只当作家，立时就停止写作了。至于戏剧，关系自动
就调解好，因为在我看来，戏剧是文学的最高体裁，至少
是最全面的体裁。我认识并喜爱的一位导演，他总是对他
的编剧和演员说："写吧，或者演吧，只为这大厅里的唯一
的傻瓜。"他就是不愿意讲："您本人要扮得又愚蠢又庸
俗。"只是说："对所有的人讲话，不管他们是什么人。"总
之，在他眼里没有傻瓜，人人都值得关注。然而，对所有
的人讲话并不容易，定位不是过低，就是过高。例如有些
作者，愿意针对观众里最蠢的人，结果，请相信我，他们
的演出很成功；另一些作者则不然，只肯针对被推定为聪
明的观众，结果呢，演出差不多总是失败。前者延续着纯
法兰西的戏剧传统，可以称为床铺史诗；而后者则将一些
蔬菜加进哲学的火锅里。反之，一位作者以寻常口吻对所
有的人说话，同时保持很高的立意，他一旦成功，就是对
艺术的真正传统作出了贡献，在演出大厅里，将所有阶层、
不同思想的人置于同一种激动中，或者同一种笑声里。不
过，说话要公道些，唯有大作家才能做到。

有人也许会关切地对我说："您自己能写剧本，为什么还要改编别人的作品呢？"这种关切令我惊讶。当然了，其实，这些剧本，我写出来了，今后还要写，现在我还听任这些剧本向同样的人提供由头，来惋惜我改编的剧本。我只想说，我写剧本时，是作家在工作，要根据一部规模更大的作品。我改编时，是导演在工作，要依照自己对戏剧所持的看法。我的确相信完整的演出，即由同一种思想酝酿、激发和指导的，由同一个人编剧并执导的演出，这就可能达到构成一场戏王牌的语调、风格和节奏的统一。

我有幸既是作家，又是演员或导演，也就能够力图实施这种观念。我来确定文本，翻译的或者改编的，然后在彩排过程中，根据导演的需要，在舞台上进一步修改。总之，我同自己合作，请注意，这就一下子排除了编剧和导演之间经常出现的摩擦。我感到这项工作对我的精力消耗极小，只要有机会，我就可以安心地做下去。我接受排演戏，并不觉得逃避了作家的责任：一场场演出，就是以压缩的手段愉悦观众。而这些令我激动的、获得巨大成功的剧目，在巴黎舞台上看过，将来还能看到。是的，我排演《群魔》，没有逃避作家职业的感觉。《群魔》这出戏，概括了目前我对戏剧的认识和信念。

这就是在戏剧方面我喜爱什么，做了什么。也许不可能延续很久。这一艰难的行业，如今连它的崇高性都受到威胁。演出的费用不断提高，专业剧团的公务员化，这些逐渐推动私营剧院转向最大限度的商业演出。我还要补充说，他们那方面，太多的管理班子尤以外行著称，根本没有资格掌握一位神秘仙女给他们的许可证。照这样下去，这种崇高的地方，就可能变成一个卑鄙的场所。难道这是停止斗争的一种理由吗？我并不这样认为。在这藻顶下面，幕布后边，始终游荡着一种艺术和娱乐的功德；这种功德不能泯灭，也将阻止这一切丧失。它对我们当中每个人都有所期待。我们责无旁贷，不能让它沉睡，要阻止商人和制造商将它逐出它的王国。反过来，它也将使我们挺立，让我们保持实实在在的好心情。接受和给予，这不正是幸福以及我开头就讲的纯洁的生活吗？当然，这正是丰实的、自由的生活，我们人人都需要的生活。好了，我们去忙下一场演出吧。

《戏剧集》（美国版）序言[①]

　　组成这个集子的剧本，写于1938年至1950年。第一部，《卡利古拉》，创作于1938年，是看了苏埃托尼乌斯[②]的《十二恺撒传》之后写的。这部剧是为我在阿尔及尔组建的小剧团写的，意图很简单，就是塑造卡利古拉这个角色。初登台的演员有这种质朴性情。再说，当时我二十五岁，正是除了自己什么都怀疑的年龄。迫于战乱，我不敢奢望，到了1946年，《卡利古拉》在巴黎埃贝尔托剧院演出。

　　可见，《卡利古拉》是一部演员和导演的戏。当然了，它也受了我在那个时期忧虑的启发。法国批评界倒是非常欢迎这部剧，经常谈论这部哲理剧，大大令我诧异。情况究竟如何呢？

　　卡利古拉是个相当和蔼可亲的君主，不料他的妹妹和

---

① 出版者Knopf，1958年。这篇序言标明的日期是1957年12月，置于《卡利古拉和另外三部剧》的卷首。

② 苏埃托尼乌斯（公元一世纪末至二世纪）：拉丁历史学家，著有《十二恺撒传》。

情人德鲁西娅死了，他就发现这样的世界不能令人满意。从此，他就迷上不可能的事情，染上鄙夷和憎恶的情绪，要杀戮和系统地蹂躏所有价值，以这种方式运用他所发现的自由，最终认识到这种自由并不好。他否认友谊和爱情，否认人的基本关系、善和恶。他抓住周围的人讲的话，迫使他们言行一致；生活的激情将他拖向拒绝和破坏，他就以拒绝的力量和破坏的疯狂，将他周围铲平了。

然而，如果说他的真理就是反抗命运，那么他的谬误在于否定人。要毁掉一切，就不能不毁掉自身。因此，卡利古拉闹得众叛亲离，还忠于自己的逻辑，竭力将别人武装起来反对他，最后杀掉他。《卡利古拉》是一种高级自杀的故事，这是谬误的最富人性的也最悲惨的故事。卡利古拉忠于自己而不忠于别人，以死来换取一个明白：任何人都不可能单独拯救自我，也不可能得到反对所有的人的自由。

可见，这是一出智力的悲剧，从中自然能得出结论，这出戏是智力型的。我个人以为完全了解这部作品的缺点。不过，在这四幕剧中，我怎么也找不出哲理来。或者，如果存在的话，那么它也只能停留在主人公这种断言的水平上："人必有一死，他们的生活并不幸福。"看得出来，这种理念微不足道，我的印象只能同德·拉帕利斯先生和全人类达成共识。不错，我别有雄心大志。追求不可能的事情，对剧作家而言，这个研究课题，和贪婪或通奸具有同样的价值。表现这种追求的疯狂，揭示它的破坏力，突出它的失败，这就是我的写作计划。应当基于这一点来评价这部作品。

还得讲一句。有些人认为我这个剧本很有挑衅性，可是他们却认为，俄狄浦斯杀父娶母是正常的，他们也容忍三人的夫妻关系。不错，这种关系仅仅局限在豪华住宅区。其实，那种一味冲撞而不善于以理服人的艺术，我是不以为然的。万一不幸，我引起物议，那也只能怪我过分喜爱真实。须知一位艺术家，若是摈弃对真实的过分喜好，无异于放弃艺术本身。

《误会》，是1941年写于被占领的法国。当时出于无奈，我生活在法国中央的山区。历史的和地域的这种境况，足以说明我当时忍受的，并且反映在剧中的一种幽居。看这出剧感到窒息，这是事实。不过，那个时候，我们所有的人都呼吸短促。不管怎样，剧本的情境如此黑暗，我同公众一样感到极不舒服。为了鼓励读者看一看，我提出这样的建议：1.要看到剧本的精神不完全是否定的；2.要把《误会》视为创作现代悲剧的一种尝试。

一个儿子不报名字，要让母亲和妹妹认出来，却由于误会被她们杀害了，这就是本剧的主题。毫无疑问，对人类生活的状况，这是一种悲观的看法。但是，对人来说，这也可能同一种相对乐观主义相一致。归根结底，如果这个儿子说是我，我叫什么名字，事情就可能完全不同。这就是说，在一个不公正的、冷漠的世界上，人可以自救，并且救别人，只要拿出最简单的真诚态度，讲出最准确的话。

语言也刺激人，这一点我知道。假如我让剧中人物穿上古希腊人的无袖长衫，也许大家都会鼓掌。让现代人物讲悲剧语言，这恰恰是我的打算。老实说，这是极难的：必须找出一种语言，让当代人物讲起来既相当自然，又相当奇特，能与悲剧声调相吻合。为了靠近这种理想，我试图疏远人物性格，模糊他们的对话。观众应当同时觉出一种亲近感和陌生感。不过对观众和读者，我还不能肯定分寸掌握得很好。

至于老仆人这个人物，他也并非一定象征命运。在这场悲剧中幸存的女人呼叫上帝的时候，是老仆人回答的。不过，这也许又是一种误会。他对向他求助的女人说不，是因为他的确无意帮她。痛苦或非正义达到一定程度时，谁也帮不了谁，痛苦的境况是孤立无援的。

我倒觉得，这些解释没有多大用处。我始终认为，《误会》是一部容易理解的作品，只要大家接受这种语言，愿意承认作者已深深投入其中。戏剧不是一种游戏，这是我坚信不疑的。

《戒严》，在巴黎初演时，毫不费力就得到一致的批评，极少剧本能受到如此全面的抨击。这种结果尤为遗憾的是，我始终认为，《戒严》虽有种种缺陷，也许是我的作品中最像我的一部。这一形象尽管忠实，但是读者也完全由自己决定他们不喜欢。然而，我首先必须反驳几点成见，以便赋予这种评价以更大的说服力和更大的自由。最好应当了解：

1.《戒严》根本不是根据我的小说《鼠疫》改编的剧本。不错，我给剧中的一个人物起了这个具有象征性的名字。既然表现一个独裁者，取这个名字就是准确的。

2.《戒严》不是一部古典观念的剧作。反之，倒可以把它和讽喻剧拉到一起：讽喻剧，在我们中世纪称"道德剧"，在西班牙称"圣事剧"，就是将众所周知的题材搬上舞台演出。我将剧情集中，围绕着暴君和奴隶的世纪唯一活的宗教，我是说自由。因此，指责我的人物是象征性的，根本无济于事。我要认罪辩护。我公开承认的目的，就是让戏剧从心理思辨中拔出来，在我们窃窃私语的舞台上大声疾呼，折服或者解放今天的广大群众。仅仅从这一角度出发，我确信我的意图值得人们关注。一个有趣的现象应当指出，这个表现自由的剧本，既不受右派的专制统治，也不受左派专制统治的欢迎。这场戏，在德国一连演了好几年，可是没有在西班牙，也没有在铁幕①后面演出过。②

----

① 铁幕：指苏联。

② 在南斯拉夫演出过。现在波兰一个剧院也计划演出。——原注

关于这出戏隐藏或明示的意图，还有很多话可讲。但是我只想说明，而不想引导我的读者的评价。

《正义者》运气则好得多，相当受欢迎。然而，赞扬和抨击一样，有时则产生于误会。因此，我还想说明一下：

1.《正义者》中所描述的事件是史实，甚至包括大公夫人同谋杀她丈夫的凶手惊人的会面。只应当评价我以什么手法，将真事化为可能之事。

2.这个剧本的形式不应当瞒过读者的眼睛。我力图以古典主义手法，制造剧情的紧张，也就是说，让力量相当和道理相当的人物相对峙。然而，不应当得出错误的结论，认为一切保持均衡，在剧中提出的问题上，我提倡不行动。我毫无保留地赞赏我的两个主人公，卡利亚耶夫和多拉。我仅仅想表明，行动本身有其局限性。只有承认这种局限性，如果必须超越时，至少接受死亡的行动，才是好的正确的行动。我们的世界，今天露出一副令人憎恶的嘴脸，恰恰是因为制造它的人，赋予自己超越这种局限的权利，首先是杀别人而自己不取义的权利。如今在世界各地，正义就是这样成了杀害一切正义的凶手的挡箭牌。

再讲一句，让读者了解在这本书中找不到的东西。我尽管酷爱戏剧，却不幸只爱一种戏剧，不管是喜剧还是悲剧。我作为导演、演员和剧作者，经过一段较长时间的体验之后，感到没有语言和风格，就谈不上真正的戏剧，即使模仿我国的古典主义戏剧和希腊悲剧，如果不表现全人类的命运简单而伟大的一面，也同样谈不上戏剧作品。古典主义和希腊悲剧，至少是应当效法的楷模，尽管不敢想写出与之比肩的作品。心理分析、趣闻逸事和富有刺激性的情境，作为观众，这些可能令我开心，可是作为剧作者，就引不起我的兴趣了。我也乐于承认这种态度是值得讨论的。然而我觉得在这点上，最好还是原原本本地介绍我自己。读者了解这些情况，如果不想看下去，可以就此打住。至于看了这种态度而不气馁的人，我更有把握能得到他们的友谊；正是这种奇特的友谊超越国界，将读者和作者连在一起，在它没有误会的情况下，就始终是作者的最大酬赏。

译后记：人的灵魂能有多高尚？

李玉民

> 读剧本更有趣，
> 一句台词一台戏。

"历史上见！卡利古拉！历史上见！"

卡利古拉被谋反者刺杀的场面：他飞掷出矮凳，砸碎映见现场的大镜子，狂笑着这样喊叫……

"历史上见！"余音缭绕，不绝于历史。这句台词，压得住全剧的阵脚，可以引人作无穷的遐想……

然而，卡利古拉身中两剑，由笑转为抽噎，咽气时还狂吼一声：

"我还活着！"

这句台词，则昭示这场戏又从头开始了。

这让人想到西西弗推巨石上山的故事。异曲同工。

循环往复的历史，变换着方式重复。这便是人类的斗争史。

一百九十九场连续演出，1957 年在巴黎舞台上的成功，标明这部剧作位列经典了。

要知道，在 1938 年，加缪就写出《卡利古拉》来了，至今八十五年过去了，现在还要为《卡利古拉》的单行本写译序，表明加缪的剧作经受得住时间和历史的双重考验，依然这样生机勃勃。

早在 1985 年，柳鸣九先生就约我翻译加缪的三部剧作，即加缪原创戏剧的主体作品：《卡利古拉》《误会》和《正义者》，取《正义者》书名，编入《二十世纪法国文学丛书》首批出版，距今已四十年。其间，柳先生主持《加缪全集》出版，又约我译出加缪原创和改编的全部戏剧作品。于是，加缪就成为我翻译并出版了全部戏剧的唯一作家。

戏剧在加缪的创作中，占三分之一的位置，尤其应当指出，加缪一生至爱，就是戏剧和大海。夏日的大海，是穷人唯一的奢华，正是加缪心中失去的天堂。而在世间替代天堂的，就是戏剧。加缪直言不讳："因为舞台是一个让我感到幸福的场所。"

加缪大半生时间，似乎都在忙活戏剧创作，改编，排练与演出的各种活动。自然而然，戏剧就成为他独特的艺术生活格局的起点和基点。

起点就不必多说，加缪在阿尔及尔大学攻读哲学和古典文学，获得学士学位。入世之初，年仅二十二岁就组建了人生色彩浓重的"劳工剧团"，改编演出了马尔罗的《轻蔑的时代》、高尔基的《底层》、巴尔扎克的《伏脱冷》。两年后劳工剧团解散，他又组建了"队友剧团"。

加缪最早的艺术创作激情，也是在戏剧领域爆发的。1936年，他就与三位同志编写了《阿斯图里亚斯起义》，反映西班牙人民的斗争。此剧排练好了却遭当局禁演。剧本由书商夏木洛出版。

加缪为演出起草的传单上这样写道："艺术应当从象牙塔里解放出来，同时也相信美感是与人性紧密相连的，我们的目标在于恢复人的价值……"

加缪的处女作，散文集《反与正》，1937年由同一书商出版，收入《地中海作品丛书》。《反与正》浓缩了加缪在成长环境中的人生体验、在追求真理路上的哲理思索，预示了他后来文学创作题材和形式的取向。

紧接着他又构思抒情散文集《婚礼集》，营造了自己的精神家园。他一开始就立下了规矩，找准了通向内心之路，布好艺术生涯的格局。这盘棋谱儿一旦定下来，便一以贯之。

加缪在评论萨特的两部作品，《恶心》（1938）和短篇小说集《墙》（1939）时，就表露了一起步他与存在主义作家就存在根本分歧，不同意把人生的悲剧性建立在夸大人丑陋的基础上："没有美、爱或者危险，生活就会很容易。"他还明确指出："观察到生活的荒诞，不可能是一种终结，而仅仅是一种开端。"

1938年，加缪写出《卡利古拉》，为他的"荒诞体系"奠定第一块基石，几乎不间歇地，相继写成中篇小说《局外人》（1940），哲学论著《西西弗神话》（1941）。三种不同体裁的作品，构成了一个小系列：荒诞剧《卡利古拉》塑造了古代荒诞人，当代小说《局外人》塑造了现代荒诞人，《西西弗神话》提供哲学理论支撑。

紧密衔接的"反抗"阶段，推出长篇小说《鼠疫》、剧本《正义者》、理论专著《反抗者》，这是另一个话题了。

加缪艺术思维的诀窍，就是以终为始：别人下结论的时候，正是他新思路的开端。他深深懂得，关键时刻，少就能胜多，摆下几枚棋子，连起来就拢住一大片。这样的体系，就是一盘活棋。有限的棋子，每枚都得独当一面，相互策应，相互支撑。棋子之间留出的空格，就是沉默，而沉默就意味着"活"——思考与灵活应变的空间。

加缪接受了严格的传统教育，一直是品学兼优的学生，上大学专修哲学与古典文学，打下了坚实的学养基础，而且早早显露出写作的爱好与天赋，热衷于戏剧活动，有针对性地研读一些作家作品。总之，他的一切活动，无不是在建设自己的知识体系，自己的思考场，即独立的思想体系。

加缪生逢乱世，经受了思想绝望的人生洗礼，深度考虑人类生存之道，尽量抵制虚无主义和悲观主义消极影响，抱定做一个真正艺术家的信念，踏上再不回头的"荒诞—反抗"的文学之路，以著述的坚实步伐，从阿尔及尔走到巴黎，又走向世界。

加缪内外兼修，练就一身硬功夫。他求真求实，内外一致的专注和坚韧，达到了怎样的高度，还未见学界有过充分论述的学术文章。我们只能通过他留下的著作文本来体认。不过，我还是忍不住引用一位名不见经传的阿尔及利亚有识之士，布阿莱姆·桑萨尔的一段话：

"他身上带着终生的创伤，而他的痛苦，那么深沉，又那么高尚，体现在他的全部著作中，更多地体现在他的缄默里。没有人比他讲得更清楚，我们这个家园的全部美和荒诞的残酷，……加缪是个站在高处的人，能超越岁月和阻断视觉的墙壁，望见无时不在各处演义的世界历史……比谁理解得都透彻，世间缺乏正义和博爱，这便是问题的症结。"

难得不怕丢掉任上高官的桑萨尔能有如此识见。明确赞赏加缪这个真正的艺术家为了公众的利益，痛彻心扉，而恰恰令人费解的深沉痛苦，才能体现出那颗灵魂有多高尚，不似那种凡俗之辈，仅为一己之利而痛心疾首，裸露出一颗丑恶的心灵。

加缪作为名副其实的艺术家，以合乎人性的尺度，创建了"荒诞—反抗"的体系，赋予人生一种积极的意义。

他在艺术上的巨大贡献，就是独创性地塑造出"荒诞人"这一族群——卡利古拉是这一族群的第一人。第二人按名气论，就是推石上山的西西弗。

卡利古拉在历史上是怎样的一个皇帝，西西弗在神话里是怎样的一个神人，面对剧本《卡利古拉》，哲学随笔《西西弗神话》，都丧失了原初的意义。这两位在加缪的笔下，变成了"明星"荒诞人。

随后跟上来的有默尔索、玛尔塔、里厄、塔鲁、卡利亚耶夫、多拉、斯切潘……不分国籍，不分种族，他们都是加缪按照自己的灵魂塑造出来的荒诞人，他们一旦踏上"荒诞—反抗"之路，就不再垂头丧气，而是昂首挺胸，阔步向前，再不回头了。

荒诞第一人，卡利古拉（12—41），史有其人，当了四年罗马皇帝。本名盖约·恺撒，"卡利古拉"是他父亲的军卒给他起的绰号，意为"小靴子"，遂叫开取代了原名。其父格马尼库斯是罗马皇帝提比略的义子，战功卓著的名将，三十四岁夭折，否则本可继承皇位。十八年后，提比略驾崩，应传位给其孙小提比略，但羽林军长官扶持卡利古拉登上皇位，于是就有了今天的身份。

卡利古拉父子的身世，在塔西佗的史书上有记载。这里简略说明，可见加缪创作剧本《卡利古拉》绝非无中生有，而是从尘封两千年的史书中拉出来，经由加缪艺笔改编，可以说华丽转身，化"混世魔王"一类丑角，转世为当代荒诞神话人物，升华为艺术上具有象征意义的形象。

卡利古拉一脱掉历史的外衣，全身换上艺术的行头，就有了全新的生命力。如何诠释，就特别宽泛了。加缪在《戏剧集》（美国版）序言中，头几段就谈了《卡利古拉》这一剧本。择其要者看看作者给出的解释。

"卡利古拉是个相当和蔼可亲的君主，不料他的妹妹和情人德鲁西娅死了，他就发现这样的世界不能令人满意。从此，他就迷上不可能的事情，染上鄙夷的憎恶的情绪，要杀戮和系统地蹂躏所有价值……生活的激情将他拖向拒绝和破坏，他就以拒绝的力量和破坏的疯狂，将他周围铲平了。"

这是改编的前提和新的取向：当初是权力之争，现在是生活的激情，是反抗命运，这本没有错，但是他错在要拉所有人起来，反抗"人必有一死"的命运。然而，臣属不理解，他就把生活的激情转为破坏的疯狂，扮演起命运来。

"《卡利古拉》是一种高级自杀的故事，这是谬误的最富人性的也最悲惨的故事。卡利古拉忠于自己而不忠于别人，以死来换取一个明白：任何人都不可能单独拯救自我，也不可能得到反对所有人的自由。"

《卡利古拉》和《西西弗神话》，两部作品同根连理。

参看这部论著的一章：《荒诞的创作》，就容易明了，所谓"高级自杀"，是取向陀思妥耶夫斯基笔下主人公的"恼羞成怒""逻辑自杀"的行为。《群魔》中的基里洛夫就是这种人物，陀思妥耶夫斯基写道：

"我就以无可争议的起诉人和担保人、法官和被告的身份，判处这个大自然，大自然竟如此厚颜无耻，毫无顾忌，让我坐于世上受苦——我就判处大自然与我同归于尽。"

这便是卡利古拉高级自杀的逻辑，他也是加缪所谓的"冰火双重人物"。剧中最理解卡利古拉的人，一个是他的贴心侍从，埃利孔早有预见："假如卡伊乌斯（卡利古拉的名字）开始醒悟了，他有一颗年轻善良的心，是什么都要管的。那样一来，天晓得要使我们付出多大代价。"

果然让埃利孔说中，正如卡利古拉有这样一段台词："我周围的一切，全是虚假的，而我，就是要让人们生活在真实当中！恰好我有这种手段，能够让他们在真实当中生活。"他施展暴君的手段，教育人认清世界的残暴与荒诞，逼使他们起来反抗。

另一个理解卡利古拉的人，则是青年诗人西皮翁，尽管皇帝残忍地处死诗人的父亲。加缪断言："这是一出智力的悲剧，从中自然能得出结论，这出戏是智力型的。"能认真读这出戏文本的人，一定会越往下读体会越深，触发智力思考能带来多大乐趣。这正是我作为第一读者，翻译诸多经典著作，持续四十余年，兴趣不降反增的秘密。没有兴趣、乐趣，什么都谈不上。

《卡利古拉》剧虽不长，但场次很多，仿佛短兵相接，气氛紧张，间不容发。对白通常很简短，似乎失之仓促，言不尽意，余音在人物的心头缭绕。这种智力型的剧作，即使看了演出，当场接受演员情绪的感染，回到家中，仍需捧读脚本，从容琢磨张力十足的台词所蕴含的智力，听取人物内心的余韵。

就说青年诗人西皮翁对卡利古拉的理解，比起埃利孔对皇上的关切又是不同的。请看第四幕第一场，权臣舍雷亚与西皮翁的对手戏，短短不过千言，就胜过阅读多少史书对谋反事件的描述。

我几乎随机选择了这段对白，就从中读出多重深意，有一点就涉及加缪的一个重要论断：荒诞人以反抗荒诞世界为己任，无论将反抗的力量发挥到多高值，也超越不了荒诞人本身，投身到命定失败的事业也绝不可能成功，仅仅赋予人生某种意义。然而，荒诞人卡利古拉面对暴君卡利古拉，这种双重性引他走上歧途，错误地运用了自己的自由，罪责难逃；非正义乃至使用暴力匡正不了世界，反而造成新的苦难。

加缪一再表明，"一部荒诞作品，并不提供答案"，只提供"真实的东西"。他这样解释："我寻求的，并不是普遍意义的东西，而是真实的东西。这两者不必同步而重合。"即便重合也没有普遍意义。《卡利古拉》就是"一部并无普遍意义的真正荒诞作品"。

加缪向来不追求普遍意义，他的功绩，并不是建立一套荒诞哲学的体系，更不该称颂他为"存在主义大师"。加缪作为真正的艺术家所作出的贡献，就是认真清理各种哲学观点，用"荒诞"之说驱散迷雾，归还现实一个明白：指明现实的真相，引发世人的思考。

加缪从不止步的精神，更值得赞美。他谈了哲学的偏执性、人的局限性，着重提倡荒诞神话的创作，用以激发起人类萎靡不振的精神。处于如此不着调的荒诞世界，凡是靠谱的创作，都可以称为神话，不妨统称为荒诞神话。正因为如此，我认为，人类始终没有完全摆脱神话式思维。

加缪艺术创作的突出特点，特别强调一条美学原则，就是真正的艺术作品，必须合乎人性的尺度，本质上务求少说为佳，无论多好的经验，切勿全部陈列在那种解释文学的花边纸上。

我们纵观加缪的创作，包括他成功改编的剧本，确实少而又少，精而又精，每个创作都没有雷同的地方，体现了这样的精彩论断：

"如果作品仅仅是从经验上剪裁下来的一块，仅仅是钻石的一个切面，那么作品则格外繁华，只因经验尽在不言中，读者能推测出其丰富性。"

每部作品都是钻石的一个切面，就要这样看待《卡利古拉》，欣赏钻石切面的光彩，不管多么耀眼夺目，也货真价实。人生这颗天然的钻石，可以无限切割，当是艺术之本，也是艺术繁华之源。

这就是为什么艺术创作同源而不重样。巴尔扎克之后，普鲁斯特之后，无论什么大家之后，都不是艺术创作的末日。人生这颗钻石，就赫然生成在荒诞路上，有志者切割便是，何必弄虚造假，早晚被识破一钱不值。

当然，有志者空有志向不行，还得像加缪这样，善于热爱，乐享生活，而不是苦修，要"获得胜过处世之道的生活本领。要成为人生的大行家，懂得活在世上，既是体验，又是思考"。诚能如此，才会创作出《卡利古拉》这样智力型作品。

上述不过是雪泥鸿爪，不足以见加缪的全貌。加缪热爱生活，也热心于社会活动，但深知行于世上，无论怎样内外兼修，仗义执言，也要受人非议。他饱受一些人的攻击，沉默许久，便仿效卡利古拉（一己猜度），摆出"高级自杀"姿态，拉那些人一起"堕落"，这就是加缪将钻石的一个切面映现在卡利古拉尚未砸碎的镜子里，要了一场《堕落》的镜子游戏。

不错，行走在这荒诞世界上，谁都休想独善其身。加缪的大智慧，就是做到了独善其事。在我看来，这就是"知天命"的真正含义。只要有意愿，活在世上的人，都能有独善之事可为。加缪在六十多年前，就为我们做出了榜样。

做人做事做到加缪这份儿上，真不容易，好在他有精神家园（参看《婚礼集》），加缪的灵魂，总能得到壮丽、自然的精神营养，从无比高尚的情怀塑造出来的荒诞族群，其中不乏里厄、塔鲁、多拉、卡利亚耶夫那种光辉的人物形象，无不是人生钻石的一个切面，映现一颗高尚的灵魂。

2024 年元月于广西北海